AF354369

Levin Schücking

Der Festungs-Commandant
(Historischer Roman)

e-artnow 2018

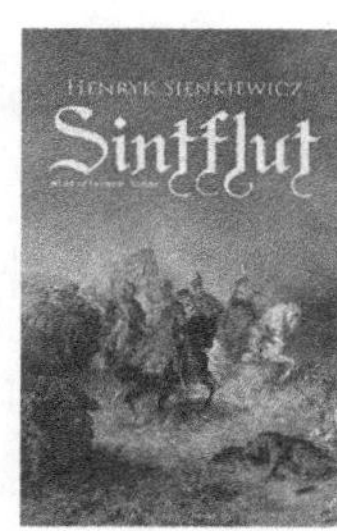

Henryk Sienkiewicz
Sintflut (Historischer Roman)

Alexandre Dumas
Die Gräfin Charny: Historischer Roman

Walter Scott
Das Kloster: Historischer Roman

Wilhelm Raabe
Gesammelte Werke: Romane, Erzählungen und Novellen (49 Titel in einem Buch): Die schwarze Galeere + Die Chronik der Sperlingsgasse … Großen Kriege + Keltische Knochen und mehr

Miguel Cervantes de Saavedra
Don Quijote: Band 1 & 2

Levin Schücking

Der Festungs-Commandant (Historischer Roman)

e-artnow, 2018
Kontakt: info@e-artnow.org

ISBN 978-80-273-1994-7

Inhaltsverzeichnis

1.

Der Panduren-Oberst von der Trenck war nach seiner Gefangennehmung durch den Rittmeister von Frohn in Wien angekommen und in einem Hotel auf dem Graben abgestiegen. Nach den von der Kaiserin Maria Theresia gegebenen Befehlen erschien bald darauf ein Adjutant des Commandanten der kaiserlichen Haupt- und Residenzstadt bei ihm, um ihm Hausarrest anzukündigen. Ueber die gegen ihn erhobene Anklage werde er später hören. Der Oberst von der Trenck wies dem Adjutanten die Thüre und befahl einem der Panduren, die ihn begleiteten, ihm den Wirth herbeizuholen. Der Wirth kam.

»Mein Herr,« sagte Trenck, »ich will den Abend ins Burgtheater fahren – schaffen Sie mir dazu eine elegante Equipage mit Vieren und mit Dienern in anständiger Livree!«

Der Wirth sorgte für die Equipage, und ein paar Stunden später fuhr der mit Hausarrest bestrickte Oberst in vollem Staat in seinem Vierspänner vor dem Portal des Burgtheaters vor, in welchem heute die Kaiserin erwartet wurde. Er nahm einen Logenplatz ein und wartete ruhig auf den Beginn des Stücks, während die Blicke aller Anwesenden an ihm hafteten.

Die Kaiserin kam – der Vorhang rollte auf – da erscheint in einer der Logen ein Officier, der Graf von Gossau, in welchem Trenck einen seiner eifrigsten Ankläger, seinen erbittertsten Feind erblickt. Wie ein zorniger Löwe fährt der Oberst in die Höhe – er verläßt seinen Platz – er taucht nach wenig Augenblicken wieder auf in der Loge des Hauptmanns; dieser wendet sich und sieht zu seinem Schrecken die kolossale Gestalt mit dem fürchterlichen halbgeschwärzten Gesicht hinter sich ... über sich ... fühlt er die Faust des Trenck an seinem Halse, fühlt sich in die Höhe gerissen und schwebt dann, noch bevor er recht zur Besinnung gekommen, über der Logenbrüstung – der zornige Pandurenoberst beabsichtigt nichts Geringeres, als den unglücklichen Hauptmann in's Parterre hinunter zu schleudern. Dieser hat kaum Zeit gehabt seinen Degen zu ziehen, ohne ihn doch gebrauchen zu können, denn Trenck greift nach demselben und sticht sich dabei durch die Hand. Sofort entsteht ein grenzenloser Aufruhr im Hause; die zunächst Sitzenden aber werfen sich rasch genug zwischen die beiden Ringenden, um den Hauptmann zu retten, der im nächsten Augenblick verloren scheint. – Die Kaiserin fährt entrüstet empor ... eine solche Verhöhnung ihrer Würde, von einem Menschen, dem sie so eben hat Hausarrest geben lassen, ist sie nicht zu dulden gewillt. – Die Wache erhält die schärfsten Befehle, und ehe viel Zeit vergeht, sitzt der Oberst von der Trenck fluchend und zähneknirschend in seinem Vierspänner, diesmal umgeben von einer Abtheilung Grenadiere, welche ihn nach Hause escortiren und vor seinem Zimmer im Wirthshause einen hinreichend starken Posten zurücklassen, um den Begriff Arrest seinem Verständniß näher zu bringen. –

Die Untersuchung wird eingeleitet und fortgesponnen, Trenck vertheidigt sich mit derber Beredsamkeit und mit dem Aufgebot alles dessen, was einem so berühmten Soldaten in solcher Lage zu Hülfe kommen muß. Das nächste Ergebniß war, daß der mit der Leitung der Untersuchung beauftragte Feldmarschall Cordua der Kaiserin ein Gutachten vorlegte, worin er der Majestät anheimstellte, den Proceß gegen den Obersten von der Trenck niederzuschlagen, weil die Anschuldigungen gegen denselben nicht der Art seien, um ein Kriegsgericht zu rechtfertigen, und weil sie vielfach den Charakter der Rachsucht, Verleumdung oder des Eigennutzes trügen; dagegen aber dem Obersten aufzugeben, zur Entschädigung mehrerer eigenmächtig von ihm cassirter Officiere die Summe von 12,000 Gulden zu zahlen. Die Kaiserin genehmigte diesen Antrag. Der Oberst von der Trenck aber schwur hoch und theuer, er werde keinen Kreuzer hergeben, zu dem er nicht rechtskräftig verurtheilt sei.

Seine Feinde hatten jetzt gewonnenes Spiel. Sie boten alles auf, ihn zu verderben. Die Untersuchung wurde in die Hände seines Todfeindes, des Generals Löwenwalde, gelegt. Nach der Darstellung des preußischen Vetters unsers Obersten wurden öffentlich Alle aufgefordert, welche wider ihn zu klagen oder zu zeugen hatten, und es sei den sich Meldenden ein Ducaten Tagegeld versprochen; sie seien in Schaaren gekommen, und aus dem Trenckschen mit Sequester belegten Vermögen seien dazu innerhalb vier Monaten 15,000 Gulden aufgewendet –

der preußische Trenck betheuert auf seine Ehre, ihm selber seien von dem Präsidenten Grafen Löwenwalde tausend Ducaten geboten, wenn er wider seinen Vetter zeugen wolle!

Man brachte die bestochene Maitresse eines Officiers herbei, welche betheuerte, sie sei eine natürliche Tochter des Generals Grafen Schwerin und eine Concubine des Königs von Preußen gewesen; sie habe in der Nacht des Ueberfalls bei Sohr das Zelt des Königs getheilt und sei Augenzeuge gewesen, wie der Oberst von der Trenck in das Zelt gestürmt, um den König gefangen zu nehmen; dieser aber habe ihn durch Geld und Edelsteine bestochen, und der Oberst habe ihn entfliehen lassen.

Diese und viele andere gegen ihn erhobene Anklagen wußte der Angeklagte nach und nach trotz endloser Weitläufigkeiten und Rechtschicanen zu entkräften; von einer jedoch gelang es ihm nicht, sich zu rechtfertigen, und bei der sittenstrengen Monarchin reichte diese allein hin, ihn zu verderben. Dieser Punkt betraf eine Gewaltthat Trenck's wider eine Müllerstochter in Böhmen. So war denn das Ende des ganzen Verfahrens wider ihn – ein Todesurtheil, welches Maria Theresia in lebenslängliche Haft auf dem Spielberge verwandelte! Das Vermögen des Obersten blieb dabei sequestirt, jedoch so, daß er eine gewisse Verfügung darüber behielt und daß seine Beamten ihm ihre Rechnungen zur Genehmigung vorlegen mußten.

Ein Gefangener, wie der Freiherr von der Trenck, dem man obendrein noch Rücksichten schuldig war, dem um seiner früheren Verdienste um Oesterreich willen eine gewisse Freiheit der Bewegung gestattet werden mußte, war jedoch nicht eben leicht zu hüten. Es war eine Aufgabe, welche einen energischen und umsichtigen Geist erforderte, einen Mann von außergewöhnlichen Fähigkeiten; und so überrascht es uns nicht, wenn wir in dem Augenblick, in welchem wir selbst, dem Pandurenoberst folgend, den Spielberg, das feste Schloß bei Brünn, dem die neuere Geschichte eine so traurige Berühmtheit gegeben hat, betreten – wenn wir zu dieser Zeit als Commandanten da oben einen der tüchtigsten österreichischen Officiere finden – den Oberstwachtmeister von Frohn.

Es ist ein schweres, trauriges, mit einer schmerzlichen Pflichterfüllung verknüpftes Amt, was unsrem Freunde geworden. Auch hat er in dem Augenblick, wo ihm die Ordre zugekommen, es zu übernehmen, zornig das Papier fortgeschleudert, das ihn zu einer Art Kerkermeister machte, und lieber seinen Abschied zu verlangen beschlossen. Dann aber hat er sich gesagt:

»Du bist Deiner Kaiserin Kriegsknecht und hast zu gehorchen, wohin sie Dich sendet.«

Er hat gehorcht. Er hat seine Gewalt dazu angewendet, Unmenschlichkeiten zu verhindern, Elend zu lindern und Schmerzen zu stillen. Der neue Commandant des Spielbergs wird gesegnet in manchem stillen Gebet, das nächtlich aus der Zelle eines kranken Gefangenen zum Himmel aufsteigt; die Besatzung, die Kerkerwärter hängen an ihm, und die schlimmsten und unbändigsten der Eingekerkerten, welche früher nur eine grausame Zucht zähmen konnte, beugen sich jetzt ohne harte Gewalt, weil ihnen der hochgewachsene, willensstarke und kluge Mann mit einem menschlich fühlenden Herzen in der Brust Scheu und Respect einflößt.

Und so hat Frohn seinen Posten nach und nach erträglich gefunden, und eine innere Befriedigung ist bei der Verwaltung desselben über ihn gekommen, und zuletzt ist das große traurige Schloß bei Brünn ihm ein Aufenthalt geworden, den er nicht vertauschen würde mit irgend einem andern in der Welt – das letztere freilich aus einem Grunde besonderer Art, den wir uns zu erklären anschicken.

2.

Der Spielberg bei Brünn ist eine mit Festungswerken gekrönte schroffe Felshöhe, zu der ein Weg von der Stadt her sich hinaufkrümmt, um durch starke Festungsthore in einen von Gebäuden rings umschlossenen inneren Hof zu führen. Die Gebäude sind von verschiedener Höhe, und für verschiedene Zwecke hergerichtet; ein mehrstöckiger Bau, welcher aus zwei rechtwinkelig zusammenstoßenden Flügeln besteht und sich rechts erhebt, enthält die Wohnungen für die Staatsgefangenen, zumeist helle, geräumige und sehr anständig hergerichtete Gemächer. Dem Eingang in den Hof gegenüber und links erheben sich andere für die Strafgefangenen oder für die Casernirung der Besatzung bestimmte Gebäude; auch in den Kasematten sind Räume für schwere Verbrecher angebracht.

In dem zuerst erwähnten Flügelbau, welcher die südöstliche Ecke des Hofes bildet, befand sich zu den Zeiten Maria Theresias auch die Wohnung des Commandanten der Citadelle von Brünn. Sie lag in dem nach dem Eingang in den Hof und nach der Hauptwache hin sich erstreckenden Flügel; wenn man sie vom Hofe aus betrat, gelangte man in eine Flur, aus welcher eine Treppe rechts in die Zimmer des Commandanten führte, während links ein schmaler Gang mit dem andern Flügel, in welchem die Staatsgefangenen untergebracht waren, eine Verbindung bildete, die auf einen breiten Corridor mündete, welcher durch den ersten Stock des Gefangenengebäudes lief.

Der Oberst von der Trenck bewohnte in diesem letzteren, in dem Staatsgefangenenflügel, drei große freundliche Zimmer, welche am Ende jenes Corridors lagen. Die Zimmer selbst waren ganz nach den Wünschen Trenck's eingerichtet; man hatte ihm völlig freie Hand gelassen, sich mit allen Bequemlichkeiten zu umgeben, welche er verlangt hatte; es war ihm auch nicht verwehrt, Besuche zu empfangen, nachdem sie vorher dem Commandanten gemeldet worden — er hatte seinen Kammerdiener bei sich, und gewiß hätte man ihm auch Wagen und Pferde zur Disposition gestellt, wenn es ihm Vergnügen gemacht hätte, auf dem engen inneren Hof der Citadelle spazieren zu fahren, denn über diesen Hof hinaus durfte er sich nicht bewegen, und auch auf demselben sich zu ergehen, war ihm nur in bestimmten Stunden vergönnt.

Für einen Mann, wie den Obersten Trenck, einen kühnen und von rastlosem Thatendurst von Abenteuer zu Abenteuer geführten Soldaten, der gewiß zwei Drittheile seines Lebens im Felde unter freiem Himmel zugebracht, der die Hälfte der Länder Europa's im Sattel, an der Spitze halbwilder Banden, durchschweift hatte — von den Steppen der Ukraine bis zu den Höhen des Wasgaus und tief in Lothringen hinein, von den Thälern Savoyens und Bosniens bis nach Sachsen und den Marken — für einen Mann solcher Art mußte die erzwungene Unthätigkeit, die Gefangenschaft etwas unerträglich Drückendes sein, trotz Allem, was geschehen konnte, sie zu mildern und ihren starren, eisernen, von der Hand der alten »dira neccessitas« ausgemeißelten Zügen die Maske der Freiheit vorzuhängen. Auch hatten diejenigen, welche darauf angewiesen waren, täglich mit ihm zu verkehren, sich keinesweges einer Zunahme guter Laune und versöhnlicher Stimmung bei ihm zu berühmen, in dem Maße, wie Monat nach Monat seiner Gefangenschaft dahin schwand. Im Gegentheil, er wurde gereizter, zorniger und unnahbarer, und der Commandant sah mit geheimer Sorge die Zeit nahen, wo er in Conflicte mit ihm gerathen mußte, welche ihn zur Anwendung von Gewalt gegen den unbezähmbar stolzen, heroischen und gewaltthätigen Gefangenen zwingen mußten.

Diese Stimmung des Pandurenobersten erlitt jedoch unverhoffter Weise eine plötzliche Aenderung, einen auffallenden Wechsel, den nichts Anderes hervorbrachte, als etwas, was bisher im Leben Trenck's am allerwenigsten Einfluß übend und mildernd eine Rolle gespielt hatte. —

Der Oberstwachtmeister von Frohn saß eines Tages in seinem Wohnzimmer am Fenster; während er aus seiner Meerschaumpfeife dichte, blaue Rauchwolken zum geöffneten Fenster hinausblies, überflog sein Auge wachsam den Hof der Citadelle, auf dem die Schildwachen auf und niederschritten, Strafgefangene arbeiteten und eine kleine Truppe von ungarischen Grenadieren um eine Trommel kauerte, auf welcher Würfel hin und herrollten. Frohn hatte eine Weile so gesessen, als er zu seiner nicht angenehmen Ueberraschung eine mit vier von der Bergfahrt erschöpften und schweißbedeckten Pferden bespannte Reisekalesche in den Hof rollen sah, die unten vor dem Eingang in die Commandantenwohnung hielt. Frohn mußte annehmen, daß ihm sein Wächteramt durch eine neue Sorge für einen vornehmen Staatsgefangenen – ein anderer wäre den steilen Bergweg in die Citadelle nicht so bequem hinausgeschafft worden – erschwert werden solle. Aber aus dem innern der Kalesche entwickelte sich keineswegs zunächst eine bewaffnete militärische Escorte, sondern ein Frauenschuh wurde sichtbar, als der Schlag geöffnet worden, ein weibliches Wesen, das wie eine Zofe aussah, schlüpfte aus dem Wagen, ließ sich ins Haus führen, und gleich darauf meldete eine Ordonnanz bei dem Oberstwachtmeister die Baronesse Mirzelska aus Agram an, welche den Herrn Commandanten zu sprechen wünsche.

Der Oberstwachtmeister von Frohn sprach seine Bereitwilligkeit aus, die Baronesse zu empfangen; er sah aus seinem Fenster, wie diese Meldung durch die Zofe zum Wagen zurückgebracht wurde, und erblickte nun eine verschleierte, in schwarze Seide gekleidete Frauengestalt, die aus dem Wagen stieg und unten im Portal verschwand. Wenige Augenblicke nachher öffnete sich die Thür seines Wohnzimmers, und die Baronesse trat ein.

Frohn wurde in eigenthümlicher Weise frappirt von dem Anblicke der Dame, die sich mit freundlichem Ernst vor ihm verbeugte und ihm ein großes Schreiben übergab.

Es war nicht die auffallende Schönheit dieser hohen dunklen Frauengestalt, die mit dem vornehmen Anstand eines ruhigen Selbstbewußtseins vor ihn trat, was ihn so bewegte. Es war eine erschütternde Erinnerung, die über sein Herz kam in diesem Augenblick.

Die Baronesse Mirzelska mahnte ihn mit ihren schönen, geistvollen Zügen auf's lebendigste an Esther, an die arme Jüdin von Magdeburg. Es waren dieselben mandelförmigen, sammetweichen braunen Augen, derselbe feingeschnittene Mund mit den frischen rosigen Lippen, die gebogene Nase – nur war die Baronesse mit dem polnischen Namen eine stattliche, glänzende, blendende Erscheinung, und Esther war eine schmächtige, schüchterne, ärmlich gekleidete Jüdin gewesen.

Frohn ließ eine Weile gedankenvoll sein Auge auf der Fremden haften, dann erst, wie sich besinnend, schob er einen Fauteuil herbei, bat die Baronin Platz zu nehmen, und erbrach das Schreiben. Es war unterzeichnet vom Hofkriegsrath-Präsidenten Graf Harrach, und enthielt die Erlaubniß für die Baronesse Agnes Mirzelska, sich zu ihrem Oheim, dem Obersten von der Trenck, auf den Spielberg zu begeben und, um denselben zu pflegen, dessen Gefangenschaft zu theilen; der Commandant wurde autorisirt, sie innerhalb der Citadelle aufzunehmen und sie in einer Weise, wie es mit einer rücksichtvollen Behandlung sowohl, wie mit den Vorschriften des Dienstreglements verträglich, in der Nähe ihres Oheims einzuquartieren und mit dem letzteren frei verkehren zu lasten.

»Sie haben sich da eine schwere Aufgabe gestellt, Baronesse,« sagte Frohn, indem er das Schreiben auf den Tisch legte – »welcher Entschluß für eine so junge Dame, die das Leben in der Freiheit draußen mit allen Reizen und Freuden der Welt umgiebt!«

»Der Entschluß ist nicht so heroisch, wie Sie glauben,« antwortete die junge Dame lächelnd. »Ich bin die Tochter einer Schwester des Obersten von der Trenck. Meine Mutter war an den Baron Mirzelski in Agram verheirathet, der dort in kaiserlichen Diensten stand, aber bereits vor zehn Jahren gestorben ist. Seitdem lebte ich einsam und eingezogen mit einer jüngeren Schwester bei der Mutter, ohne einen Lebenszweck, ohne eine Thätigkeit zu haben, welche meine Stunden und Gedanken ausfüllte. Ich war von jeher eine Bewunderin männlicher Tapferkeit und kriegerischen Ruhmes – was ich von meinem Oheim vernahm, erfüllte mich schon als Kind mit der wärmsten Verehrung.«

»Kennen Sie Ihren Herrn Oheim?«

»Nein – er hat, so weit meine Erinnerung reicht, meine Eltern niemals in Agram besucht – nur selten hat meine Mutter auf einen ihrer Briefe eine kurze und lakonische Erwiderung zu erhalten das Glück gehabt, aber...«

»Aber Sie haben ihn von den Ihrigen schildern gehört? Mögen die Farben, in denen es geschah, nicht allzusehr von denen verschieden sein...«

»O, ich weiß, was Sie sagen wollen, mein Herr,« fiel lebhaft die Baronesse ein, »ich weiß, was Alles meinem armen Oheim, vielleicht mit Recht und vielleicht auch mit Unrecht, Schuld gegeben wird – ich weiß aber auch, daß ein Mann, der Thaten vollbringt, wie er sie vollbracht hat, der mit solcher Gleichgültigkeit dem Tode in's Auge sehen kann, kein unedler Mensch ist – ein Held ist nie ein Mensch, dem wir berechtigt wären, unsere Theilnahme zu entziehen.«

»Es ist wahr,« sagte Frohn, »im Rausche der Schlacht, im Sturm leidenschaftlicher Erregung hat er den Tod nie gefürchtet ... aber –«

Er schwieg; er dachte an die Scenen von Engelhardszell, aber es konnte seine Aufgabe nicht sein, den schönen Enthusiasmus der jungen Dame zu bekämpfen.

»Und wenn nun gar die Bande des Bluts uns die Pflicht auferlegen,« fuhr sie eifrig fort, »ihm unsere Sorge und Liebe zu widmen, sollen wir dann nicht dem Himmel danken, daß er uns eine Pflicht zuwies, in deren Erfüllung für uns so viel innere Befriedigung liegt, die so mit dem Drange unseres Herzens in Harmonie steht?«

»Und doch,« versetzte Frohn, »kann die Erfüllung dieser Pflicht eine sehr schwere sein – deshalb dürfen Sie mir auch den Ausdruck meiner Bewunderung für Ihren Heroismus verstatten, da ich durchaus nicht die Absicht habe, Ihren Entschluß zu bekämpfen. Ist Ihr Herr Oheim von Ihrer Ankunft unterrichtet? Ich muß annehmen, nein,« setzte Frohn mit einem leisen Lächeln hinzu, »da ich eine Correspondenz zwischen ihm und Verwandten zu Agram nicht bemerkt habe.«

»Er ist es in der That nicht; wir wußten nicht, welche Vorschriften zu erfüllen seien, um ihm Briefe zukommen zu lassen, aber ich sehne mich zu ihm zu eilen, und wenn Sie mir die Erlaubniß geben –«

»Ueber mich haben Sie von diesem Augenblicke an zu befehlen, mein gnädiges Fräulein; es kommt nur darauf an, daß wir die Erlaubniß des Obersten von der Trenck erhalten, Sie ihm vorzustellen.«

»Seine Erlaubniß? ... mein Oheim wird doch, denke ich, freudig und gerührt die Tochter seiner Schwester aufnehmen.«

»Ein Anderer würde es doppelt,« versetzte Frohn, »weil sie die Tochter seiner Schwester ist und weil sie kommt, ein schweres und trübes Dasein mit ihm zu führen, in einem Kerker! Der Oberst von der Trenck ist aber nicht der Mann, auf den die Schlüsse Anwendung finden, welche man bei andern, nach der gewöhnlichen Regel empfindenden Menschen zu machen berechtigt ist. Sie müssen mir deshalb verstatten, Sie ihm anzukündigen und Ihnen, so zu sagen, die Wege zu ihm zu bereiten.«

Mit diesen Worten nahm er Hut und Säbel, und nachdem er die Dame gebeten hatte, seine Rückkehr abzuwarten, verließ er raschen Schritts das Gemach. Es war allerdings nicht seines Amtes, bei dem Obersten von der Trenck einen Besuch anzukündigen, dem er die Ermächtigung gegeben hatte, den Gefangenen zu sehen. Aber eine plötzlich erwachte, mit einer eigenthümlichen Aufregung verbundene Sympathie für die junge Dame trieb ihn an, dieser die Wege zu ebnen. Er wollte nicht, daß sie den Schmerz erfahren sollte, ihr gutmüthiges, von einem schönen Eifer erglühendes Herz zurückgestoßen zu sehen, wenn Trenck vielleicht in einer seiner menschenfeindlichen Launen und unnahbaren Stimmungen sei – er wollte nicht, daß die Wirklichkeit, welcher die junge Dame entgegenging, in gar zu niederschlagendem und entsetzlichem Contrast stehe mit dem, was ihre schwärmerische junge Seele sich träumte, indem sie sich das Bild des berühmten Helden, ihres Oheims, ausmalte.

Draußen sandte er eine Ordonnanz in die Wohnung Trenck's, um sein Kommen anzumelden, und trat gleich nach dieser in das Gemach des gefangenen Panduren-Obersten.

»Sie treten ein wie der Kaiser,« rief ihm Trenck mürrisch entgegen, sich mit dem in einen weiten Schlafpelz gehüllten Oberkörper ein wenig aus seiner ruhenden Lage von einem breiten Wanddivan erhebend. – »Die Thüre wird aufgerissen und: Der Herr Commandant! schreit man mir herein. Nun, der Herr Oberstwachtmeister ist ja der Kaiser auf dem Spielberg!«

»Entschuldigen Sie, mein lieber Herr Oberst, wenn ich ein wenig sans façon bei Ihnen eintrete ... es geschieht im Eifer, Ihnen einen angenehmen Besuch anzukündigen, ja mehr als das ...«

»Möchte wissen, welcher Besuch mir angenehm sein könnte,« fiel Trenck ein, »es möchte denn der des Teufels sein, den ich alle Tage herbeirufe, um ihm meine Seele zu verkaufen!«

»Und statt des Teufels, der es nicht für nöthig findet, sich zu Ihnen zu bemühen, kommt ein Engel, der zu Ihnen will.«

»Was soll das heißen?« fragte Trenck aufschauend.

»Sie haben eine in Agram wohnende Schwester, die mit einem Baron Mirzelski vermählt war ... sie besitzt zwei Töchter ...?«

»Und diese Sippschaft,« fiel Trenck mit einem Fluche ein, »will mir über den Hals kommen? ... beim Teufel, ich will nichts davon wissen ... bin ich der Mann für ein Rudel Weibsleute, die mich ausplündern, mich mit ihren jammervollen Familien-Angelegenheiten behelligen? ... halten Sie mir das Volk vom Leibe, Herr, ich will nichts davon wissen!«

»Aber so hören Sie doch nur, Oberst, es handelt sich gar nicht um die ganze Familie Mirzelski, wie Sie voraussetzen, sondern nur um die älteste Tochter Ihrer Schwester, Agnes Mirzelska, die mit dem heldenmüthigen Entschlüsse gekommen ist, Ihre Einsamkeit zu theilen und zu erheitern, Ihnen als Pflegerin, wenn Sie unwohl sind, zu dienen.«

»Nun wahrhaftig,« lachte Trenck höhnisch auf, »ich bin der rechte Mann, wenn ich Leibschneiden habe, mich von einer Dame verpflegen zu lassen! Es ist Alles dummes Zeug – die Gans ist abgeschickt, um mich auszubeuten, mich zu bestehlen, Erbschleicherei zu treiben – kurz, sie soll gehen, woher sie gekommen ist!«

»Sie sind ein grenzenlos undankbarer Mann, Oberst,« sagte Frohn sehr ernst. »Wenn diese groß und edel denkende junge Dame kommt, sich aus Theilnahme an Ihrem Schicksal hier mit Ihnen auf den Spielberg einzuschließen – glauben Sie dann, Ihr Geld, Ihr elender Mammon sei im Stande, ein solches Wesen für die Existenz zu bezahlen, welche es Ihnen opfert? Sie sind ein Thor! Damit Sie einsehen, wie sehr Sie es sind, werde ich Ihnen die junge Dame jetzt bringen, und Sie werden sie mit der Zuvorkommenheit empfangen, welche ein Mann von guter Extraction einer Dame beweist!«

»Nun meinethalb,« sagte Trenck lachend, »sehen will ich sie, aber dann mag sie heimreisen und ihr Agram von mir grüßen!«

Der Oberstwachtmeister und Commandant verließ seinen Gefangenen und begab sich in seine Wohnung zurück, wo die Baronesse in Spannung und Aufregung seiner harrte.

»Der Oberst von der Trenck erwartet Sie,« sagte er und bot ihr den Arm, um sie in die Zimmer des Obersten zu führen.

Als er in die letzteren mit der jungen Dame eintrat, sah er zu seiner Genugthuung, daß während seiner kurzen Abwesenheit Trenck seine überaus nachlässige Haustoilette so weit geordnet hatte, um ohne gar zu schreiende Verletzung des Anstands eine Dame empfangen zu können. Dann, während Agnes Mirzelska ihrem Oheim entgegenflog, mit erhobenen Armen, die doch wieder im nächsten Augenblick sich leise senkten, als stehe das junge Mädchen gelähmt durch den Anblick der grotesken Soldatenfigur mit dem halbschwarzen, pulververbrannten Gesichte, während deß entfernte Frohn sich rasch, um diese erste Begegnung nicht durch seine Gegenwart zu stören.

Er rief jedoch einen der Haus-Inspectoren herbei und ließ zwei freundliche Zimmer, die denen Trenck's gegenüber lagen, für die junge Dame herrichten. Die Zofe, welche auf dem Gange geblieben war, während Agnes Mirzelska bei ihrem Oheim eintrat, konnte beginnen, das Gepäck ihrer Gebieterin aus dem Reisewagen nach oben schaffen zu lassen.

3

Nach einer halbstündigen Unterredung mit dem Obersten von der Trenck bezog Agnes Mirzelska die für sie hergerichteten Gemächer und nahm in einer Weise Besitz davon, daß man sah, der Oheim hatte am Ende seiner Unterredung auf seinem Willen, daß sie heimkehren solle, woher sie gekommen, keinenfalls mehr bestanden. Es verfloß auch keine lange Zeit, und die Nähe der schönen, lebhaften und beredten Nichte war dem Gefangenen gewissermaßen unentbehrlich geworden. Sie mußte seine Mahlzeiten theilen, seine Erzählungen anhören, mit seiner Entrüstung sympathisiren, wenn er seine Wiener Feinde verfluchte, und das Alles that sie mit einem so liebenswürdigen Eingehen auf die Anschauungsweise und die oft barocken Vorstellungen des berühmten Soldaten, daß der Einfluß ihrer Nähe auf seine früher so oft verbitterte und jähzornige Stimmung nicht ausblieb. Unheilvollen Entschlüssen die Spitze abzubrechen, zornigem und übereiltem Handeln durch eine Art nachgebenden Entgegenwirkens zuvorzukommen und ungerechte Urtheile leise und allmählich in gerechteres Denken umzuwandeln, ist ja eine der Gaben, die sich sehr bald in Frauen entwickelt, deren Schicksal sie an Männer geknüpft hat, welche mehr oder weniger vom Charakter unseres Obersten haben.

»Ich weiß nicht, wie sehr der Oberst von der Trenck das Glück Ihrer Nähe schätzt,« sagte Frohn eines Tages zu Agnes, »aber desto mehr weiß ich das Glück Ihrer Anwesenheit zu schätzen. Seit Ihrer Ankunft ist mir mein schwerer Dienst als oberster Gefangenwärter auf dem Spielberg um vieles, vieles erleichtert. Sie glauben nicht, wie viel Kämpfe und unangenehme Scenen ich mit dem Obersten in der letzten Zeit vor Ihrer Ankunft durchzumachen hatte ... und seitdem bis heute sind wir noch nicht ein einziges Mal an einander gerathen!«

»Ich bin sehr froh darüber,« versetzte die junge Dame leicht erröthend, »ich darf daraus schließen, daß ich meinem Oheim nützlich bin, daß ich meinen Entschluß nicht umsonst ausgeführt habe ...«

»Daran dürfen Sie gewiß nicht zweifeln,« fiel Frohn ein.

»Und doch,« fuhr sie fort, »habe ich Eines nicht erreicht, was meine Wünsche für den verlassenen armen Gefangenen krönen würde, was ich aber freilich bisher auch nicht auszusprechen wagte.«

»Und das wäre? Sprechen Sie ohne Scheu, mein gnädiges Fräulein; was sich irgend mit meinen strengen Dienstvorschriften vereinigen läßt, werde ich mit Freuden thun, um dem Obersten – um Ihnen gefällig zu sein!«

»Ich danke Ihnen auf's Herzlichste für Ihre Güte, – und da es Ihren Dienstpflichten gewiß nicht widerstreitet, will ich mir den Muth nehmen, es auszusprechen: mein Oheim entbehrt des Zuspruchs, des Gesprächs mit einem Freunde, der den Erzählungen seiner kriegerischen Thaten die volle Theilnahme und das volle Verständniß eines Mannes schenkt: der Festungsgeistliche, welcher ihn von Zeit zu Zeit besucht, kann ihm keine Anregung bieten; einzelne ältere Officiere unten in der Stadt, welche zu seinen Bekannten gehören, machen sich selten – sie nehmen vielleicht Rücksichten auf Wien, fürchten eine geheime Controlle ...«

»Oder,« fiel Frohn mit einem zweifelnden Lächeln ein, »sie sind durch des Obersten brüskes Wesen verscheucht, was wahrscheinlicher ist ...«

»Dem sei, wie ihm wolle,« fuhr Agnes Mirzelska fort – »der Oberst empfindet den Mangel des Umgangs mit Männern, den ich ihm nicht ersetzen kann, und ...« .

»Und? fahren Sie fort, Baronesse –!«

»Und wenn Sie deshalb die große Güte hätten, ihm von Zeit zu Zeit eine abendliche Stunde der Muße zu schenken ...«

»Ich – mein gnädiges Fräulein, da täuschen Sie sich – ich darf durchaus nicht annehmen, daß meine Besuche dem Obersten von der Trenck angenehm seien!«

»Und weshalb zweifeln Sie daran – Sie, von dessen Verdiensten er mir so oft spricht, der beinahe der einzige Soldat ist, den er neben sich zu respectiren scheint?«

»Nun, das hat er mir in der That nicht zu erkennen gegeben!« rief Frohn überrascht aus. »Unser Verkehr hat sich bis jetzt so ziemlich auf den Austausch derber Redensarten von seiner Seite und kühl beschwichtigender von meiner beschränkt.«

»Gerade deshalb vielleicht, weil er es schmerzlich empfindet, nicht im Besitze einer Achtung und einer Theilnahme zu sein, welche just die ist, auf die er das meiste Gewicht legt!«

Frohn zuckte die Achseln.

»Ich glaube, Baronesse,« versetzte er mit einem kleinen Anfing von Ironie, »wenn Sie von schmerzlichem Empfinden und stillem Gekränktsein Ihres Oheims reden, so halten Sie das Herz des Herrn Obersten von der Trenck für weicher besaitet, als es in der That ist. Wenn ihm jedoch meine Gegenwart in Wirklichkeit nicht unangenehm sein sollte, so bin ich mit dem größten Vergnügen bereit, ihm aufzuwarten und ihm die Zeit vertreiben zu helfen. Hätte ich dabei die frohe Aussicht,« setzte Frohn, jetzt selbst ein wenig erröthend hinzu, »daß ich alsdann auch Sie bei ihm finden würde...«

»O gewiß,« fiel Agnes Mirzelska mit einem Lächeln ein, welches vielleicht nicht frei war von ein wenig harmloser Coquetterie, »o gewiß werde ich in der Nähe sein, um Frieden zu stiften, falls die beiden Herrn aus alter Angewohnheit mit tiraillirenden Redensarten in ein kleines Plänkeln gerathen sollten!«

»So bitte ich, gleich für heute Abend meinen Besuch, wenn er genehm ist, dem Herrn Obersten ankündigen zu wollen.«

Agnes streckte lebhaft bewegt wie zum Danke dem Commandanten die Rechte entgegen. Frohn küßte diese weiße Hand mit einer Innigkeit, welche auf Beider Wangen eine dunkle Röthe hervorrief. – –

Am Abend saßen drei dem Anschein nach ganz heiter und sorglos plaudernde Menschen um den mit Wein und Früchten besetzten Tisch in Trenck's Wohngemach. Agnes Mirzelska hatte eine weibliche Arbeit im Schooße liegen, und Frohn's Augen waren auf die zarten, schmalen Finger geheftet, welche an dieser Arbeit häkelten; Trenck führte das Wort und erzählte – der Mittheilungsdrang ist in Charakteren so leidenschaftlichen Gepräges, wie der seine, selten ruhig; es war ihm ganz willkommen, daß sein Gast so gut zuhören konnte und so wenig sprach – außer etwa in Momenten, wo Agnes Mirzelska ihr Auge von ihrer Arbeit erhob, den Blicken Frohn's begegnete und dann leise erröthend wieder niederbückte, als ob ihr stummes Gegenüber in diesem Momente in der That etwas – wenn auch nur mit den Augen gesprochen!

Trenck erzählte von seiner ersten Jugend. Sie war schon bewegt und stürmisch gewesen. Seinem Vater, der als österreichischer General in Italien gestanden, hatte seine Mutter, eine geborene Freiin von Kettler zu Harkoffen, aus dem herzoglichen Hause von Kurland stammend, ihn zu Reggio am 1. Januar 1711 geboren. In seinem vierten Jahre schon hatte er mit seines Vaters geladenen Pistolen sich zu schaffen gemacht und eins derselben gegen die Wand abgefeuert, so daß die rückprallende Kugel ihn im Schenkel verwundete; mit fünf Jahren hatte er, den blanken väterlichen Pallasch in der Hand, seine Brüder gegen die Obstweiber auf dem Markt angeführt und die Hökerinnen in die Flucht getrieben, um ihre Vorräthe plündern zu können. Als er heranwuchs, reihten sich ihm Abenteuer an Abenteuer. Als junger Mensch hatte er auf den großen und werthvollen Gütern seines Vaters in Slavonien im Jähzorn einem Verwalter den Schädel gespalten, weil der Unglückliche sich weigerte, ohne des Vaters Genehmigung ihm Geldsummen zu seinen Ausschweifungen auszuantworten. Dann war er geflohen, war in russische Dienste getreten, hatte die Gunst des Feldmarschalls Münnich durch seine tollkühne Tapferkeit erworben und in einer Affaire wider die Türken einen russischen Reiterobersten, der ihm aus Feigheit nicht im richtigen Moment zum Angriff zu schreiten schien, vor der Front des eigenen Regiments durchgepeischt und vom Pferde gehauen; er hatte dann das Regiment sich nach gerissen in den Feind, und es zum vollständigsten Siege geführt. Zum Tode verurtheilt, hatte er durch den Feldmarschall Münnich Begnadigung erhalten, aber eine zweite ganz ähnliche That der schreiendsten Insubordination hatte ihn gezwungen, Rußland zu meiden. Er hatte nun daheim seine Talente der Vertilgung der slavonischen Grenzräuber zugewendet und diese bisher ganz unausrottbare Menschenrace, die der Schrecken und die Landplage der Gegenden an der untern Donau und Save war, durch rücksichtsloses Wüthen wider sie, durch Grausamkeit und List gebrochen und aufgerieben, bis auf einen Rest von dreihundert Köpfen, die er sich zusammen eingefangen und aus denen er den Kern seiner Freischaar bildete, als Oesterreich den Kampf mit Preußen aufnehmen mußte und Franz von der Trenck sich von Wien her die Vollmacht gewann, ein eigenes Corps zu werben, um damit zu den kaiserlichen Fahnen zu stoßen.

Der berühmte Pandurenführer verweilte mit großer Vorliebe bei dem Detail dieser Jugend-Erinnerungen, und während er in seiner brüsken und drastischen Weise sie erzählte, verflossen die Stunden in ungeahnter Schnelle. Die Thüre des Zimmers öffnete sich endlich und der Schließofficier trat ein, um dem Commandanten die Schlüssel der Citadelle und die des Hauses der Staatsgefangenen zu überbringen. Frohn sah daraus zu seiner Ueberraschung, daß die Nacht bereits da sei, und erhob sich, um sich in seine Wohnung zurückzubegeben. Ein langer dankbarer Blick aus dem Auge Agnes Mirzelska's ruhte auf ihm, als er mit einer Verbeugung das Zimmer verließ.

Waren es diese Blicke des schönen, jungen Mädchens oder die Anziehungskraft, welche die Erinnerungen des Panduren-Obersten auf ihn übten, oder die Erinnerungen, welche in ihm selber aufstiegen bei dem Anblick von Zügen, die eine für Frohn so bedeutsame Aehnlichkeit mit einer rührenden Gestalt aus einer früheren Lebensepoche hatten – war es das Eine oder das Andere, was den Commandanten in die Wohnung seines Gefangenen zog: so viel ist gewiß, daß er seit jenem ersten Abend fast an jedem kommenden seine Besuche wiederholte, und daß er endlich dahin kam, die übrigen Stunden des Tages beflügelt zu wünschen, damit sie desto schneller denen seines fesselnden und ersehnten abendlichen Verkehrs Raum machten.

Und auch so viel ist gewiß, daß für Agnes Mirzelska ebenfalls diese Stunden abendlicher Geselligkeit sehr bald diejenigen waren, welche den Mittelpunkt ihrer Gedanken während ihrer einförmig verfließenden Tage bildeten. Ihre Aeußerungen bewiesen Frohn, daß sie mit dem, was er an diesen Abenden gesprochen und erzählt hatte, sich vielfach im Stillen beschäftigte; er konnte nicht verkennen, wie gespannt ihre Aufmerksamkeit war, wenn er dazu überging, von sich selber zu sprechen und von seinem früheren Leben zu erzählen; er konnte noch weniger verkennen, daß ihre Blicke, wenn sie länger und länger auf ihm wie magnetisch gefesselt ruhten, ein Selbstvergessen und eine Hingabe ausdrückten, welcher er die schmeichelhafteste Auslegung geben durfte und welche den dunklen Schatten einer schmerzlichen Sorge verscheuchten, die sich seiner nach und nach bemächtigt hatten und von der wir sogleich reden werden.

»Und fühlen Sie wirklich keine Reue, hierhin gekommen zu sein?« fragte er sie eines Tages, als er sie allein im Vorzimmer ihres Oheims traf, wo sie sich in der Fensternische ein kleines Etablissement gemacht hatte und zuweilen mit einer Arbeit sich niedersetzte, wenn sie allein und doch dem Obersten nahe sein wollte. »Fühlen Sie wirklich keine Reue über Ihren Entschluß?« fragte Frohn das junge Mädchen.

»Reue? weshalb sollte ich sie fühlen?« versetzte sie. »Wenn ich Alles erreicht habe, was ich zu erreichen wünschte und hoffte?

Sagen Sie nicht selber, daß seit meiner Anwesenheit mein Oheim wie umgewandelt ist? Ich habe also das Bewußtsein, daß mein Leben einen Zweck hat, daß ich Gutes wirke.«

»Es liegt darin aber doch eine großartige Entsagung,« fiel Frohn ein, »ein echt weiblicher Heroismus; Sie verzichten auf alles eigne Glück um eines Mannes willen...«

»Herr von Frohn« – unterbrach sie ihn, – »es ist meiner Mutter Bruder, er ist unglücklich, ein verlassener Gefangener! Und wer« – fuhr sie fort, zu ihm mit einem bedeutsamen Blick aufschauend, »wer sagt Ihnen, daß ich dabei nicht eignes Glück empfinde, daß ich mich hier unglücklich fühle... Zwar, wenn ich aufschaue und die dunklen Gefängnißmauern, die so viel Elend umschließen, erblicke, so ist das allerdings nicht geeignet, eine große Heiterkeit heraufzubeschwören – aber sicherlich können Sie mir nicht vorwerfen, daß ich die Melancholie dieses Aufenthalts Ihnen dadurch erhöhe, daß ich Ihnen schwermüthige und unzufriedene Mienen zeige... das, meine ich, würde wenigstens sehr undankbar von Ihnen sein!«

»Das würde es freilich,« rief Frohn lebhaft und tiefbewegt aus; »seitdem Sie hier sind, ist mir ein neues Leben aufgegangen, und der Name Spielberg mag so düster und verhängnißvoll lauten, wie er will, ich werde immer daran die Erinnerung eines tiefen inneren Glückes knüpfen.«

Sie erröthete tief und senkte ihre Blicke.

»So wollen wir wenigstens uns Beide nicht beklagen und auch nicht wegen unsres Heroismus bewundern,« fuhr sie dann fort, »daß wir es hier aushalten; den Oheim lieber, daß er seine Gefangenschaft erträgt, die ihm doch, wie ich wohl sehe und wahrnehme, eine entsetzliche innere Marter bereitet! Könnte ich ihm die Freiheit verschaffen dadurch, daß ich mich statt seiner zu ewiger Haft auf dem Spielberg anböte...«

»So würden Sie es thun?« fragte Frohn rasch. »O, weshalb kann ich dies Erbieten nicht annehmen und Ihrem Oheim nicht in dieser Minute noch die Freiheit geben!«

Agnes Mirzelska blickte zu dem vor ihr stehenden Officier mit einem Blicke auf, in welchem etwas von einem unbeschreiblichen Ausdruck lag; es war wie ein inniges Flehen, wie die Sprache eines rührenden Vertrauens, das sich verführerisch in seine Seele schmeicheln wollte, und halblaut flüsterte sie dabei:

»Ist es Ihnen in der That unmöglich? giebt es keinen Weg für Sie, kein Mittel, den Armen zu retten?«

»Keines, keines!« stotterte Frohn schnell hervor. Dabei zitterte seine Lippe, sein Antlitz überflog eine plötzliche Blässe, und stumm sich verbeugend verließ er plötzlich das Zimmer.

»Um Gotteswillen, was habe ich gethan!« rief Agnes Mirzelska aus, erschrocken aufspringend, »ich habe sein Ehrgefühl verletzt, ich habe sein edles, treues Herz verwundet. Gott! mein Gott, wie lösche ich den Eindruck dieser unseligen Worte wieder aus!«

4.

So erschrocken auch Agnes Mirzelska über den Eindruck war, welchen ihre Worte augenscheinlich auf Frohn gemacht hatten, so war sie doch weit entfernt zu ahnen, wie tief der Schmerz war, den sie ihm dadurch zugefügt.

Frohn hatte nicht verkennen können, daß die Leidenschaft, welche das junge Mädchen in ihm entzündet hatte, eine rasche und durch Blick und Wort offen bekannte Erwiderung gefunden. Aber diese rasche Erwiderung, statt ihn mit Glück und Seligkeit zu überschütten, hatte den tiefschmerzlichsten Stachel eines unseligen Argwohns in seine Seele gesenkt. »Wie kann ein so schönes, hinreißendes, glänzend begabtes Wesen so schnell ihr Herz an einen schlichten, derben Kriegsknecht, wie ich es bin, verlieren? was kann sie in mir sehen, was ihr den Mangel feinerer Bildung und geistiger Begabung in mir ersetzt? Was ich besitze, mein Bischen Soldatentüchtigkeit und mein Talent, mich nicht übertölpeln zu lassen, was kann das einem Wesen sein, dem Huldigungen und Bewunderung entgegengekommen sein müssen, wo sie sich zeigt? Nein, es ist nicht möglich, daß sie den Kerkermeister ihres Oheims liebt... und wenn Sie den Schein annimmt, so ist es ein Spiel, eine Maske, eine Bethörung... sie ist eine Sirene, die mich mit zarten Fäden umspinnt und die nichts will, als mich zu ihrem Gefangenen machen, um durch mich den Oheim aus der Gefangenschaft befreien zu lassen!«

Und dann, wenn Frohn wieder Agnes gegenüber saß, wenn er ihre vollständige, von jeder Coketterie freie Natürlichkeit beobachtete, den herzlichen Ton ihrer Stimme vernahm und den seelenvollen Blick ihres Auges auf sich gerichtet sah, kam es wie eine selige Ueberzeugung über ihn, daß dies Wesen nicht trügen könne, daß ein wahrer Drang der Hingabe sie zu ihm, dem starken, erprobten treuen Mann ziehe. Er scheuchte dann alle düsteren Zweifel und Sorgen des Argwohns von sich und gab sich ganz dem berauschenden Reiz des Augenblicks hin, bis ihn wieder die Einsamkeit seines Zimmers umfing und er grübelte und dachte. Dazu kam die merkwürdige Veränderung im Wesen Trenck's... sollte der leidenschaftliche, zornige, unbezähmbare Mensch, der ihm früher so viel zu schaffen gemacht, in der That bloß deshalb so nachgiebig und ruhig und umgänglich geworden sein, weil ein junges Mädchen in seiner Nähe war, das ihm einige Tagesstunden durch ihr Geplauder vertrieb? War es nicht viel wahrscheinlicher, daß diese ergebenere Stimmung über den tollen Pandurenführer mit dem Wiederaufleben der Hoffnung auf die Freiheit gekommen? Ja, man wollte ihn täuschen, ihn umgarnen, ihn, wenn der rechte Augenblick gekommen, wo die Leidenschaft ihn völlig unterjocht hatte, als bethörtes, willenloses Werkzeug gebrauchen.

So hatte er qualvolle Tage inneren Zwiespalt gelebt, bis zu dem Augenblicke, wo ihm Agnes offen ihren Wunsch, den Oheim befreit zu sehen, aussprach, wo sie ihm geradezu beinahe ihre Hand in Aussicht stellte, wenn er dieselbe erkaufen wolle dadurch, daß er Trenck auf irgend einem Wege die Freiheit wiedergebe. Wie ein Blitz war es in seine Seele geschlagen,... sie hielt den Augenblick für gekommen, wo seine Neigung hinlänglich von seinem Herzen mit seinem Geist Besitz genommen, daß sie offen reden dürfte.

Arme Agnes! wie wenig hatte das harmlose, seiner tiefen Neigung für Frohn sich ohne Skrupel hingebende junge Mädchen geahnt, daß sie einen solchen Sturm und eine solche Verzweiflung in dem Herzen dessen, den sie liebte, heraufbeschwören würde, als sie jene Worte sprach und sie mit dem innigen Blicke begleitete, in welchem Frohn den Geist der Verführung nur Bethörung wahrzunehmen glaubte! –

Es war ein Dämon von diesem Augenblicke an in Frohn wach gestürmt, den er nicht mehr bezwingen konnte. Je weniger die Leidenschaft während seines Lebens eine Rolle gespielt hatte, je länger die Kraft zu lieben in seinem Herzen geschlummert hatte, durch das nur einmal in Magdeburg wie eine leise Frühlings-Ahnung ein Gefühl gezogen war, das von einer stürmisch bewegten Existenz so bald wieder verweht wurde: desto heftiger und gewaltiger war in dem gereiften Manne jetzt die Leidenschaft für das schöne Mädchen erwacht, das wie ein Stern über der unheimlichen und düsteren Welt aufgegangen war, in welcher sich bisher seine freudlosen Tage abgesponnen hatten. Es tobte ein Gefühl in ihm wie im Herzen Othello's, als Jago den

Giftsamen hineingeworfen hatte. Wie Othello konnte er nicht in entsagender Ruhe und Geduld den Beobachter machen, um zu einer allmählichen Klarheit zu gelangen.

Er wollte Licht – sofort und vollständig! Um es zu erhalten, entwarf er in den schlummerlosen Stunden der nächsten Nacht Pläne über Pläne, um dann bei dem ersten und einfachsten stehen zu bleiben; wenn sich die Gelegenheit darbot, konnte er ihn ausführen gleich am folgenden Tage.

Die Gelegenheit bot sich ihm dar. Als es Abend wurde, ging er wie gewöhnlich zu Trenck hinüber und machte ihm den Vorschlag, die Zeit durch ein Kartenspiel zu vertreiben, welches auch, da es drei Spieler erforderte, Agnes Mirzelska in dem Zimmer des Obersten für den Abend zurückhielt. Der gefangene Oberst war stets bereit zum Spiele, er hatte immer das beruhigende Bewußtsein, der gewinnende Theil zu sein, wenn er es sein wollte, und Frohn, der seine Kunstgriffe wohl durchschaute, hatte sich gehütet, ihn dies merken zu lassen, um jeden Streit mit ihm zu vermeiden; er hatte sich darauf beschränkt, gewöhnlich die Aufforderung zum Spiel abzulehnen, wenn sie von Trenck ausging. Heute jedoch griff er zu den Karten, um desto sicherer seine innere Bewegung zu verbergen; und Trenck ging mit Vergnügen darauf ein.

Um neun Uhr ertönte der Zapfenstreich in der Citadelle. Es trat der Officier du Jour ein und überreichte dem Commandanten, mit der Meldung, daß Alles in Ordnung, die Schlüssel. Frohn nahm die Schlüssel, legte sie neben sich und spielte weiter. Nach etwa einer halben Stunde erhob er sich; die Rechnung wurde gemacht, einige Geldstücke wurden gewechselt und Frohn empfahl sich, um sich zur Ruhe zu begeben – die Schlüssel in der Hand haltend. Agnes nahm eines der Wachslichter, die auf dem Tische brannten, um ihm durch das Vorzimmer zu leuchten. Hier, als er mit Agnes sich allein sah, blieb er stehen; an einen in der Mitte des Zimmers sich befindenden Tisch gelehnt und die Schlüssel, als ob sie ihm lästig zu tragen seien, auf diesen Tisch legend, sagte er:

»Wir haben sehr unglücklich gespielt, Agnes, Ihr Oheim hat uns einmal wieder geplündert!«

Agnes setzte lächelnd das Licht auf den Tisch. Daß Frohn stehen blieb, um noch einige Minuten lang mit ihr zu plaudern, war ihr eben so wenig auffallend als unangenehm, und lebhaft antwortete sie:

»Desto besser – so ist sein Vergnügen desto größer, denn er hält darauf, für einen Meister im Spiel zu gelten!«

»Und mit meinem Verlust oder Gewinn sympathisiren Sie nicht im Mindesten, Agnes, weder mit meinem Glück noch mit meinem Unglück?« fiel er mit erzwungenem Scherze ein.

»Mit Ihrem Spielerunglück sympathisire ich nicht,« antwortete sie lächelnd, »Sie wissen ja, es giebt ein Sprüchwort, das Sie darüber trösten kann – aber weshalb,« fügte sie erröthend hinzu – »weshalb gehen Sie heute so früh? – es ist noch nicht zehn Uhr! gewiß haben Sie diese Nacht wieder einen Ihrer einsamen Inspectionsgänge vor.«

»Das habe ich keineswegs,« versetzte Frohn. »Im Gegentheil, ich habe die verflossene Nacht wenig Ruhe gehabt und will gründlich in dieser Nacht nachholen, was ich in der vorigen versäumt habe; ich bin sehr müde. – Schlafen Sie wohl, Fräulein Agnes.«

»Gehen Sie nicht,« sagte sie lebhaft, »ohne mir zu sagen, was es war, wodurch ich Sie am gestrigen Abende so verletzte; glauben Sie mir, ich habe Sie gewiß nicht kränken, Ihrem Ehrgefühl nicht zu nahe treten wollen.«

»Ich glaube es Ihnen, Agnes,« fiel er rasch und fast stürmisch ein, »ich glaube es Ihnen; ich war nur bewegt, tief bewegt von dem, was Sie mir sagten; der Gedanke kam über mich, Ihren Wunsch zu erfüllen, Ihrem Oheim die Freiheit zu geben, obwohl dann mein Loos ewige Schande und Schmach sein würde, obwohl ich als eidbrüchiger Officier vor ein Kriegsgericht gestellt würde, das, auch wenn man mir nur Nachlässigkeit in meinem Dienst vorwerfen und beweisen könnte, mich cassiren würde – aber gute Nacht, Agnes, reden wir nicht weiter davon, nicht weiter von mir!«

Er verließ rasch und stürmisch das Zimmer, und bevor Agnes Mirzelska noch eine Sylbe hatte hervorbringen können, hatte sich die Thüre hinter ihm geschlossen. Erstaunt und beunruhigt durch dies seltsame Betragen sah das junge Mädchen ihm nach und ließ dann plötzlich ihren Blick auf das Schlüsselbund fallen, welches Frohn auf dem Tische hatte liegen lassen.

»O mein Gott!« rief sie aus, und ein heller Strahl fiel in ihre Seele, der ihr sein ganzes auffallendes Wesen erklärte – »so also liebt er mich! Er giebt mir die Schlüssel, die meinem Oheim die Freiheit erschließen, in die Hand, – ich soll sie nehmen und gebrauchen, und doch geht der Weg in die Freiheit für meinen Oheim über seine Ehre, sein ganzes Lebensglück fort. – Darf ich diese Schlüssel meinem Oheim geben? – darf ich ihm sagen: »da nimm, flieh und rette Dich, die Flucht ist sicher, Du brauchst nur in der Mitte der Nacht durch die Wohnung des Commandanten zu gehen, mit einem dieser Schlüssel das Thor, welches aus jener Wohnung führt, zu öffnen. – Du hast ja dieselbe mächtige und hochgewachsene Gestalt wie der Commandant; Du kannst Dich wenden, wohin es Dir gefällt...»Gott, wer räth mir, was ich thun soll!«

Sie rang die Hände, schritt auf und nieder in schrecklichem Seelenkampfe, und dazwischen war es ihr, als ob ein Strom von Seligkeit und Glück durch ihre Seele führe – die Offenbarung, wie tief und innig und leidenschaftlich er sie lieben müsse, daß er so ihrem Herzenswunsche Alles, Alles opfere. Aber je grösser das Glück war, welches sie darüber empfand, desto rascher auch schwanden ihre Zweifel über das, was sie in diesem Augenblicke thun müsse – sie mußte sofort ihm die Schlüssel nachsenden – sie konnte sein Opfer nicht annehmen. – Plötzlich hielt sie inne – ein neuer Gedanke war ihr durch das Köpfchen geschossen. Wie, wenn sie dem Oheim die Rettung sicherte und doch Frohns Ehre und seine Stellung schonte? Wenn sie Abdrücke von den Schlüsseln nahm? Ja gewiß, der Oheim konnte darnach andere Schlüssel machen lassen und sie gebrauchen, um seine Flucht damit zu bewerkstelligen, zu einer späteren, gelegeneren Zeit, wenn Frohn nicht in der Citadelle war, wenn er einen Urlaub nahm, oder, was am besten, wenn es ihm gelungen, sich von seinem fatalen Posten entheben zu lassen! – Rasch zogen diese Gedanken durch Agnesens stürmisch bewegte Seele; sie schritt sofort zur Ausführung ihres Entschlusses, sie stürzte mit den Schlüsseln und dem brennenden Lichte hinaus, in ihr Zimmer; dort nahm sie eine Wachskerze von ihrem Toilettentisch, drückte, so gut sie es mit ihren zitternden Händen verstand, die Schlüssel in dem Wachse ab und schellte dann hastig ihrem Mädchen.

»Da nimm die Schlüssel,« sagte sie, als dieses erschien – »eile damit zum Commandanten, dringe, ohne Dich anmelden zu lassen, in sein Zimmer, überreiche sie ihm selber, hörst Du, Niemand Andrem; er hat sie in der Zerstreuung so eben drüben liegen lassen.«

Die Zofe nahm das schwere Bund, blickte wie fragend und verwundert ihre Herrin an, aber auf deren gebieterische Bewegung eilte sie davon.

Agnes Mirzelska trat ihr nach auf die Schwelle der Thüre und flüsterte noch:

»Zeig' Niemand, der Dir begegnen sollte, was Du hast.«

Und dann sah sie, wie das Mädchen den breiten Corridor hinabeilte, am Ende desselben in den schmalen Verbindungsgang einlenkte, der in die Wohnung des Commandanten führte, und verschwand. Alles war still in dem weiten Raume, nur vom Fuße der Treppe her, die am Ende des Corridors in das untere Stockwerk hinab führte, hallten die schweren Schritte einer Schildwache.

Die Zofe fand ihren Weg unaufgehalten in das Wohnzimmer des Commandanten. Als sie leise die Thür öffnete, sah sie ihn in gebückter Stellung, das Gesicht mit den Händen verbergend an seinem Tische sitzen; bei dem Geräusch hob er den Kopf und sprang rasch auf, der Dienerin entgegen.

»Was giebt's? was willst Du, Marusch?«

»Die Schlüssel hier bringen von meinem gnädigen Fräulein; der Herr Oberstwachtmeister hätten sie drüben vergessen!«

Frohn griff mit eigenthümlicher Hast danach.

»Ich danke Deinem Fräulein – sag ihr, ich dankte ihr, viel, vielmal,« sagte er mit fast erstickter Stimme; »sprich nicht davon, daß ich sie vergessen habe; ich war zerstreut, da nimm!«

Frohn drückte ihr ein Goldstück in die Hand; das Mädchen dankte froh und entfernte sich wieder.

Wir brauchen nicht zu schildern, was Frohn empfand, als er die Schlüssel in den Händen des Mädchens erblickt hatte. Von seinem Herzen war eine Riesenlast gefallen, und ohne Scheu und Rückhalt konnte er von diesem Augenblick sich der Leidenschaft hingeben, welche mit so viel Glück und Seligkeit dies ehrliche und treue Männerherz erfüllte. Er war im ersten Augenblick versucht, zu Agnes Mirzelska zurückzukehren, ihr alles zu gestehen, was er beabsichtigte mit seiner anscheinenden Zerstreutheit, ihre Verzeihung zu erflehen, daß er an ihr gezweifelt; aber die Scham, die Sorge, daß er ihr einen Schmerz durch sein Geständniß zufüge, hielten ihn ab und zurück – so eilte er endlich nur hinaus, um ganz im Stillen die besonderen Maßregeln wieder abzustellen, die er getroffen hatte, für den Fall, daß der Oberst von der Trenck wirklich von den Schlüsseln hätte in dieser Nacht Gebrauch machen wollen. Frohn hatte natürlich dafür gesorgt, daß ein solches Unternehmen auf Hemmnisse stieß!

5.

Bei der Stimmung, in welcher sich nach den Ereignissen dieses Abends sowohl Frohn als Agnes Mirzelska befanden, war es mir natürlich, daß sie Beide das Geständniß ihrer aufgeregten und auf hohen Wogen gehenden Gefühle für einander auf den Lippen hatten, sobald sie sich wieder sahen; und in der That hatten sie bei dem ersten Wiedersehn am andern Tage nicht eine halbe Stunde lang zusammen zugebracht, und Frohn durfte überglücklich Agnes an sein Herz ziehen und sie seine Braut nennen, während sie ihm in holdem Erröthen gestand, daß sie auf Lebenszeit seine Gefangene geworden, wie sie vom ersten Augenblick an gewesen, seit sie ein so treues redliches Herz in einer so männlich tapferen und kühnen Brust erkannt. Sie auch unternahm es, von ihrem Entschluß, ihr Schicksal unauflöslich mit dem seinigen zu verbinden, zuerst den Obersten von der Trenck zu unterrichten, bei dem als natürlichem Vormund des jungen Mädchens Frohn um ihre Hand anhalten mußte.

Der Oberst von der Trenck aber hörte seiner Nichte verlegen und verschämt vorgebrachte Mittheilung sehr gespannt an und mit jenem Egoismus der nie in seinem Leben auch nur einen Augenblick von ihm gewichen war, dachte er sofort mehr an das, was für ihn Vortheilhaftes in einer solchen Verbindung mit dem Commandanten des Spielbergs lag, als an das Glück des jungen Mädchens, welches ihm so nahe stand und ihm ein so großes Opfer gebracht hatte.

»Zum Henker, das ist brav von Dir, schlaue Katze!« rief er aus, »also eingefangen hast Du ihn – nun, daß Du's auf ihn abgesehen und all die kleinen Manöverchen, die ihr Weiber dabei zu machen versteht, spielen lassen – das hab' ich längst gemerkt; wahrhaftig, er ist stark im Feuer gewesen, bis er Chamade geschlagen!« fügte er lachend hinzu.

»Oheim, Sie mißkennen mich vollständig,« fiel Agnes purpurroth werdend ein, »wenn Sie glauben...«

»O! ich kenne das, kenne das,« unterbrach er sie. »Du glaubst, so eine alte Kriegsgurgel verstehe sich den Teufel darauf; aber gefehlt, Nichtchen, gefehlt – Dein Oheim hat auch darin seine Erfahrungen gemacht; aber Du brauchst nicht roth und böse darüber zu werden – ich gebe Dir meinen vollen Segen und werde Dir fortan, als armer Gefangener, mit dem tiefen Respecte begegnen, der der Frau Commandantin gebührt; bei Deiner Hochzeit läßt Du uns armen Teufeln sicherlich eine doppelte Ration zukommen, und siehst auch wohl sonst noch mit Deinem Oheim ein wenig durch die Finger; es ist vortrefflich, Nichtchen, vortrefflich! Ich denke, wir werden jetzt bis an unser Lebensende ganz gemüthlich zusammen auf dem Spielberge hausen.«

»Ich freue mich Oheim, daß mein Entschluß wenigstens Ihre Billigung hat,« antwortete Agnes etwas kalt und gemessen, da die Reden Trenck's sie verletzten – »bis zu unserm Lebensende werden wir jedoch hoffentlich nicht auf diesem schrecklichen Kerkerfelsen hausen. Gewiß wird man Herrn von Frohn, wenn er sich mit einer Nichte dessen vermählt, der ihm hauptsächlich zur Bewachung anvertraut ist, auf eine andere Stelle versetzen, und er selbst wird auch um meinetwillen Alles aufbieten, einen anderen Dienst zu bekommen.«

»Das kann mir aber,« fiel hier Trenck ein, »durchaus nicht angenehm sein; wenn das die Folgen Deiner Verheirathung sein sollen, so protestire ich dawider und...«

»Das werden Sie nicht, und es würde auch zu nichts frommen, denn ich bin fest entschlossen, Frohn mein Wort zu halten. Weit entfernt aber, daß die Entfernung des jetzigen Commandanten des Spielbergs Ihnen nachteilig sein soll...«

»Ach, der Commandant mag zum Teufel gehn, es wäre mir lieb, wenn er eher heute als morgen den Hals bräche, denn so lange dieser Mensch hier befiehlt, ist für mich an eine Rettung, an ein Entkommen nicht zu denken... aber ich will Dich nicht verlieren!«

»Eben deshalb, weil an ein Entkommen für Sie nicht zu denken ist, so lange Frohn Commandant des Spielbergs, mein theurer Oheim,« entgegnete Agnes, »eben deshalb liegt es in Ihrem Interesse, daß ihm dies Amt genommen werde. Und so bald dies der Fall, dann, glauben Sie mir, soll es Ihnen leicht werden, den Ausgang in die Freiheit zu finden... ich habe ein Mittel in den Händen...«

»Was hast Du... wovon redest Du?« fiel Trenck gespannt ein.

»Lieber Oheim,« antwortete Agnes, ihre Stimme zum Flüstern dämpfend, »haben Sie mir nicht oft gesagt, daß es Ihnen nicht schwer werden würde, vom Spielberg zu entkommen, indem Sie in Uniform, in einen Militair-Mantel gehüllt, Nachts an den Wachen vorübergingen, denn diese würden glauben, es sei der Commandant, der einen seiner nächtlichen Inspectionsgänge mache?«

»Richtig, weil ich so ungefähr von derselben Gestalt bin, wie Dein vortrefflicher Sposo… es gehörten nur zwei Dinge dazu, wovon das eine sehr leicht und das andere sehr schwer zu bekommen ist. Die Parole des Tages nämlich, die man für ein gut Stück Geld sehr leicht, und die Schlüssel zu ein paar Thüren, welche man aus den Händen des Herrn von Frohn sehr schwer bekäme. Ich müßte nämlich offen und mit ruhiger Sicherheit aus der Wohnung des Commandanten in den mit Schildwachen besetzten Hof treten können; und dazu gehört der Schlüssel zur Thüre, die aus der Commandantenwohnung führt; auch den Schlüssel zu der Thür, die auf den westlichen Wall führt, müßte ich haben, denn nur von diesem westlichen Wall herunter könnte ich in's Freie kommen; an allen andern Seiten sind die Felsenwände zu schroff, um daran hinunter klettern zu können.«

»Nun wohl, was würden Sie sagen, lieber Onkel, wenn ich Ihnen ein Mittel gäbe, sich die Schlüssel zu verschaffen?«

»Das heißt… was meinst Du? Agnes, heraus damit!« rief Trenck aus.

»Nun,« versetzte sie lächelnd, »man ist nicht so lange wie ich in Gefängnißmauern, ohne listig wie Gefangene zu werden; ich habe die Wachsabdrücke der Festungsschlüssel!«

Trenck sprang wie elektrisirt auf.

»Was hast Du?« sagte er, Agnesens Hand ergreifend und heftig drückend, »…die Abdrücke…«

»Der Schlüssel, welche Herr von Frohn nie aus den Händen läßt.«

»Und die Du dennoch hast nehmen können? Nichte – Goldmädchen – Juwel – der Teufel lernt die Schlauheit von solch einem Weibe nicht aus… wo hast Du diese Abdrücke?«

»Ich will sie Ihnen geben, mein Oheim; aber vorher schwören Sie mir bei Allem, was Ihnen heilig ist, daß Sie nicht eher damit einen Rettungsversuch machen wollen, als bis Frohn nicht mehr Commandant des Spielbergs ist!«

Trenck schwieg eine Weile, als ob er mit sich zu Rathe gebe. Dann sagte er:

»Da hast Du meine Hand darauf, ich schwöre es Dir, ich will warten; Du hast Recht, wenn Du glaubst, man wird ihn versetzen, sobald es bekannt wird, daß er der Verlobte meiner Nichte ist; ich kann also warten, und ich will es.«

»So sollen Sie die Abdrücke haben,« antwortete Agnes Mirzelska und begab sich in ihr Zimmer, um ihrem Oheim die Wachsabdrücke zu holen.

»Bei aller Deiner Schlauheit bist Du doch eine Gans,« murmelte Trenck ihr nachsehend zwischen den Lippen. »Was helfen mir die Schlüssel, wenn dieser Frohn nicht mehr Commandant ist! Sein Nachfolger ist vielleicht ein kleiner Knirps oder ein vierschrötiger Kerl mit einem dicken Bauche; dann ist keine Schildwache mehr so dumm, mich für den Commandanten zu halten, wenn ich Nachts an ihr vorübergehe.«

Agnes Mirzelska kam zurück und überbrachte ihrem Oheim die Schlüsselabdrücke. In seiner Freude darüber umarmte er sie und in der Aufwallung seiner Dankbarkeit trat er an seinen Schreibtisch und schrieb seiner Nichte eine Anweisung von 20,000 Gulden Conventions-Münze, auf die Administration seiner slavonischen Herrschaften lautend.

»Zum Hochzeitsgeschenke!« sagte er, indem er ihr das Blatt darreichte. »Man kann Deinem Oheime sonst nicht nachsagen, daß er mit Geschenken das Seine verthut… aber Du hast's um mich verdient, Nichte… da nimm!«

Agnes küßte ihm dankbar die Hand.

Der Commandant des Spielbergs hatte unterdeß sich damit beschäftigt, einen Brief an den König Joseph zu schreiben, um ihm seine Verlobung zu melden, seine Einwilligung und zugleich seine Verwendung zu erbitten, daß ihm jetzt eine andere Dienststellung zu Theil werde. –

Die Antwort, welche darauf nach wenigen Tagen erfolgte, bestand aus einem eigenhändigen Schreiben des römischen Königs; es war voll Herzlichkeit und Wohlwollens für Frohn, aber es hatte den Schlußsatz: »Was Seine Versetzung angeht, so wird es damit keine Eile haben… die Kaiserin weiß, welchen treuen Diener sie an Ihm hat und daß Er den Trenck hüten würde, wenn er statt Seiner Frauen Oheim Sein eigener Vater wäre!« –

Der Oberst von der Trenck war während dieser nächsten Tage, welche auf Frohn's Verlobung folgten, nicht müßig gewesen. Durch die Beziehungen, in welchen er mit einzelnen Persönlichkeiten in der Stadt Brünn stand, welche von Zeit zu Zeit auf den Spielberg kamen, um ihm einen Besuch zu machen, – durch diese Beziehungen und das Opfern und Versprechen bedeutender Geldsummen hatte er es möglich gemacht, nach den Schlüsselabdrücken, welche seine Nichte ihm übergeben, durch einen geschickten Arbeiter Schlüssel herstellen zu lassen. Er hatte dies vor seiner Nichte verheimlicht, aber er hatte unterdeß Alles gethan, um die Trauung von Agnes Mirzelska und Frohn zu beschleunigen, indem er den Anschein einer großen und herzlichen Theilnahme an ihrem Glücke annahm. –

6.

Etwa vier Wochen waren vergangen, und der Tag der Vermählung für den Commandanten des Spielbergs war gekommen! Um die Mittagsstunde dieses Tages fuhr Agnes Mirzelska, begleitet von einem Paar jungen Damen, Töchtern von Officieren der Besatzung, in die Stadt hinab; Frohn folgte ihr zu Pferde, umgeben von einer kleinen Gruppe seiner Cameraden und Freunde aus der Stadt und der Festung, die ihm als Trauungszeugen dienten.

In einer der Hauptkirchen der Stadt Brünn wurde die Vermählung vollzogen. Als sie glücklich beendet, nahm Frohn bei Agnes im Wagen Platz, um sich mit ihr auf den Spielberg heimzubegeben. In der Wohnung des Commandanten oben, die zum Empfange des jungen Paars festlich geschmückt und eingerichtet war, wartete ihrer und ihrer Begleitung ein kleines Festmahl; der Oberst von der Trenck hatte es sich nicht nehmen lassen, es herzurichten und als nächster Verwandter der Braut den Wirth zu machen. Mit der Einwilligung des Gouverneur von Brünn hatte Frohn ihm gestatten dürfen, seine Wohnung zu verlassen und sich den ganzen Tag über dazu frei in den Zimmern des Commandanten zu bewegen.

In der That hatte der Oberst für ein glänzendes Bankett gesorgt. Er nahm den Ehrenplatz neben dem Brautpaar oben an der Tafel ein und schien in der besten Stimmung, an diesem festlichen Tage einmal wieder zu schwelgen wie in seinen tollsten Jugendzeiten. Die rückhaltslose Heiterkeit, der er sich hinzugeben schien, hatte freilich etwas, das für ein junges Ehepaar und namentlich für die junge Frau ein wenig beunruhigender Natur war; doch verstand es Agnes Mirzelska mit gutem Takt, die Späße und Anspielungen zu überhören, die ihr Oheim nicht unterdrücken konnte und die etwas nach dem Pandurenlager schmeckten. Er brachte dabei einen lustigen Trinkspruch nach dem andern aus und schien es darauf angelegt zu haben, seine Gäste nicht anders als mit voller Ladung und schwer bezecht zu entlassen. Je lauter jedoch die Heiterkeit Trenck's und der Uebrigen wurde, desto stiller wurde Frohn. Er warf von Zeit zu Zeit einen unbemerklichen scharf forschenden Seitenblick auf den lustigen Hochzeitsvater und führte immer seltener das Glas zum Munde.

»Warum trinkt der Herr Neffe nicht, wie ein Soldat trinkt sondern nippt wie ein Vogel?« sagte Trenck endlich unwillig ... ich hoffe nicht, daß er meine Weine verachtet.«

»Ganz im Gegentheil ... ich verachte sie nicht, ich habe zu großen Respect vor ihnen ...« versetzte Frohn lächelnd; »ich bekenne freiwillig, daß ich lange nicht eine ehrwürdigere Versammlung von alten, feurigen, großmächtigen Weinen bei einander gesehen habe.«

»Ah bah – es ist nichts darunter, was nur entfernt schwer wäre, wie das Getränk, bei dem wir unsre erste Bekanntschaft in Engelszell machten, mein lieber Frohn,« rief Trenck laut, aber ein wenig gezwungen auflachend aus. –

Die Nacht war eingebrochen, die Damen waren längst aufgestanden und hatten die junge Frau in ihre Gemächer begleitet. Der Zapfenstreich war geschlagen, die Herren aus der Stadt hatten sich verabschiedet, weil die Thore geschlossen werden mußten, eine Stunde später begannen auch die Herren, welche auf dem Spielberg wohnten, aufzubrechen, und obwohl Trenck sie zu halten versuchte und, um ihnen mit einem guten Beispiele voranzugehen ein Glas nach dem andern niederstürzte, entfernten sie sich allmählich mit mehr oder minder schwankenden Schritten.

Einen der zuletzt aufbrechenden, einen bis in die helle Unzurechnungsfähigkeit hinein bezechten alten Hauptmann, ergriff Trenck plötzlich am Arme.

»Heda, wohin wollt Ihr denn, alter Knabe? Ihr kommt ja nicht drei Schritte weit in dem Hofe vorwärts – Ihr seid ja so schwer betrunken, daß Ihr die Parole vergessen habt.«

»Ich? Die Parole?« stammelte der Trunkene. »Wie werd' ich ... ich werde doch die Parole kennen!«

»Den Teufel kennt Ihr ... so sagt sie einmal auf, wenn Ihr sie wißt?«

»Sohr und Engelszell!« rief der Hauptmann triumphirend aus, »seht Ihr, daß ich's weiß?«

»Wahrhaftig, Ihr wißt sie – nun so schiebt ab, so gut Ihr könnt, und lavirt in die Hölle, alter Esel ... Hurrah für Sohr und Engelszell ... das war eine Parole für Euren Ehrentag, Neffe Frohn –

Sohr, wo der Trenck den Preußenkönig überlistete, und Engelszell, wo der Frohn wieder den Trenck überlistete, den noch Keiner überlistet hatte … stoßt an, Frohn, Ihr sollt leben, und der Spielberg soll leben … es ist doch blos die Vorhalle zur Hölle und die Hölle selber noch lange nicht, und wenn's auch die Hölle wäre, so sollen sie doch leben, und der Teufel, der darin regiert, und die Seelen, die darin braten – sie sollen Alle bis auf die Nagelprobe leben – trinkt doch, alter Kunde, Neffe, Spielbergteufel, Seelenbrater von einem Commandanten, für Sohr ein's und ein's für Engelszell … es ist der reine goldene Tokayer, kein Tropfen Gift ist d'rin. Freund Frohn, kein Tropfen von Deinem Gift!«

Frohn wehrte ruhig den mit einem vollen Glase auf ihn Eindringenden ab.

»Gehen Sie zur Ruhe, Oberst,« sagte er, »Sie bedürfen der Ruhe!«

Der Oberst stürzte das Glas, welches Frohn zurückwies, hinunter; dann ließ er es zu Boden fallen, wankte wie ein schwer Betrunkener und schritt im Zickzack auf ein Sopha zu, welches unfern von ihm an der Wand stand. Er warf sich der Länge nach darauf und schien sich sofort dem Schlummer überlassen zu wollen.

Frohn ergriff ihn am Arm und schüttelte ihn.

»Sie müssen sich in Ihr Quartier zurückbegeben, Oberst Trenck!«

Der Oberst Trenck schlug mit den Armen um sich und lallte unverständliche Worte.

Frohn befahl nun den Dienern, die bei dem Mahle aufgewartet hatten, den Obersten unter die Arme zu fassen und in seine Zimmer zu bringen.

So wie jedoch die zwei Männer sich dem Schlummernden näherten, begann dieser mit Händen und Füßen um sich zu schlagen, wie ein Wahnsinniger; mit der Kraft eines Löwen schleuderte er Jeden zurück, der Miene machte ihn anzufassen, und begleitete solche Kraftproben mit einem gotteslästerlichen Fluchen; der Wein schien den alten Panduren in seiner ganzen Größe in ihm entwickelt zu haben.

Frohn fürchtete Agnes durch die Fortsetzung des Lärmens zu erschrecken. Er wollte um jeden Preis verhindern, daß sie nicht herbeigeeilt komme und ihren Oheim in dieser Situation erblicke – deshalb rief er die Diener zurück, mit dem Befehl, den Trunkenen in Gottes Namen liegen zu lassen. Eine Weile dann war er mit ihm allein in dem Gemache. Er stand mit untergeschlagenen Armen, mit gerunzelter Stirn vor ihm und ließ seine Augen forschend auf diesen grotesken, halb vom Weine flammend gerötheten, halb pulvergeschwärzten Zügen haften. Trenck lag da, mit geschlossenen Augen, mit halb geöffneten Lippen, mit schwerem und doch regelmäßigem Athemholen, mit allen Symptomen eines Schlafes, der aussah, als werde er ein paar Tage lang dauern.

»Es scheint, er hat genug und ist für diese Nacht unfähig, etwas zu unternehmen, wenn er es sich auch vorgenommen hat,« murmelte Frohn endlich halb beruhigt zwischen den Zähnen; und dann ging er, um zu seiner jungen Gattin zu kommen.

Die Diener kamen noch einmal in den Saal, um die Geschirre und Reste des Mahles abzuräumen; Trenck lag während dessen wie todt da. Die Diener löschten die halb abgebrannten Lichter bis auf eines, das sie brennen ließen, aus und entfernten sich. Eine Stunde später war der Spielberg in seine gewöhnliche nächtliche Ruhe versenkt. Man vernahm nichts mehr, [als das] Schreiten der Schildwachen auf den Höfen, das alle Viertelstunden sich erhebende und die Runde um die ganze Citadelle machende Geschrei der Wachen: »Alles gut!« welches Niemanden mehr erweckte … und von Zeit zu Zeit aus den Verbrecher-Casematten her das Klirren einer der Fußketten, womit diese an ihre langen Stangen angeschmiedet waren. – Noch eine Stunde verfloß; das Licht in dem Salon, welches den trunkenen Schläfer auf dem Sopha beleuchtete, war dem Erlöschen nahe. Der Oberst von der Trenck hob langsam den Kopf auf. »Wir haben nur noch für zehn Minuten Licht!« murmelte er. »Es wird Zeit!« Dann lauschte er einen Augenblick. »Es ist Alles still! Die Neuvermählten haben sich und die Welt vergessen. Nun, an den Trenck sollen sie morgen früh genug erinnert werden!« Dabei erhob er sich leise, kniete vor dem Sopha nieder, auf dem er gelegen hatte, und zog unter demselben ein ansehnliches Bündel hervor. Als er es auseinanderschlug, nahm er einen Officiersdegen, zwei Pistolen, eine Militairmütze und ein Bund Schlüssel heraus, schnallte den Degen um, steckte die Pistolen zu sich in die

Brusttasche seines Uniformrocks und warf die Hülle des Bündels um seine Schultern; es war ein weiter Militairmantel mit rothem Kragen. Das Bündel Schlüssel nahm er in seine Hand, ergriff dann das Licht, setzte die Mütze auf und verließ mit behutsamen Schritten das Gemach. Draußen gelangte er durch ein Vorzimmer in den Treppenraum, schritt die Stiegen hinab und kam unten in den Flur vor der großen Hausthüre. Links neben dieser lag die Stube, worin sich die Ordonnanzen aufhielten. Nichts rührte sich drinnen, Trenck konnte unaufgehalten beim Schein seines verflackernden Lichts, das er auf den Boden gestellt hatte, den rechten Schlüssel aussuchen, die Thür öffnen und, das Licht zurücklassend, in den Hof hinaustreten. – Er trat jetzt frei und ohne die bisherige Scheu, Geräusch zu machen, auf.

Die Schildwache, welche vor der Thüre stand, streckte ihm das Bajonnet entgegen.

»Halt! Wer da?« rief der Mann aus.

»Ich bin's, mein Freund, der Commandant, Oberstwachtmeister von Frohn.«

»Parole!«

»Sohr und Engelszell! Da hast Du die Parole! Jetzt pack' Dich aus dem Wege!«

»Passiren der Herr Oberstwachtmeister!« sagte der Mann und stellte sich, um die Honneurs zu machen, neben sein Schilderhaus.

Trenck ging weiter, quer über den Hof. Die Nacht war ziemlich sternenhell, der Himmel nur theilweise umwölkt: wer mit der Oertlichkeit bekannt war, konnte sich ohne Schwierigkeit zurecht finden. Der Oberst wandte sich einem Winkel des Vierecks zu, welche die den Hof umstehenden Gebäudetheile bildeten; hier, zwischen zwei dieser Gebäude ansteigend, führte ein Weg auf den Wall der Citadelle. Vor dem Aufgange zwischen jenen beiden Gebäuden war ein zweiter Posten zu passiren. Dieselbe Scene, welche bei der ersten Schildwache gespielt, wiederholte sich bei der zweiten. Der Mann, der Trenck das Bajonnet vorhielt und bald wieder schulterte, konnte keine Ahnung haben, daß Jemand anderes vor ihm stehe, als die hochgewachsene, stattliche Gestalt des Commandanten, der selbst in seiner Brautnacht nicht unterließ, seine Wächterrunde durch die seiner Obhut befohlene Veste zu machen.

Und in der That, selbst in seiner Brautnacht hatte der Commandant die Pflichten seines Amtes nicht vergessen. Er hatte seinen Gefangenen viel zu scharf beobachtet, um nicht Argwohn zu fassen, und dieser Argwohn hatte ihn nicht ruhen lassen. Während Trenck kecken Muths den Weg zum Wall hinanschritt, während er schon die Lust der Freiheit zu athmen glaubte, während deß erhob sich Frohn leise von der Seite der still schlummernden jungen Frau, leise warf er seine Kleider, seinen Mantel um, nahm die Schlüssel der Festung vom Nachttisch, wo sie ruhten, und verließ unhörbar das Schlafzimmer.

Er trat in den Salon; es war völlig dunkel in demselben. Frohn blieb stehen, um auf das Athmen des Schläfers, den er auf dem Sopha liegend wußte, zu horchen; er vernahm keinen Laut, erschrocken tappte er sich dem Sopha näher – er streckte die Hand aus, um es zu betasten; aber noch bevor er es berührt hatte, erkannte sein die Dunkelheit durchdringendes Auge, daß es leer war!

»Ahnt' ich's doch, daß Alles nur Spiel und List war!« rief er aus. »Der Oberst ist fort – heda, Leute, – Ordonnanzen – Licht her!«

Seine Stentorstimme donnerte diese Worte, während er bereits durch das Vorzimmer stürzte und den Treppenraum erreichte. »Die Ordonnanzen mit Licht herauf!« rief er noch einmal, und zugleich flog er die Treppe hinunter, um die Leute unten aus dem Schlummer zu schütteln, wenn sie ihn nicht gehört hätten. Als er den Fuß der Treppe erreicht hatte, stürzten ihm ein paar Leute aus der Stube der Ordonnanzen entgegen.

»Folgt mir in das Quartier des Obersten Trenck,« rief er diesen zu, »ich will sehen, ob er darin ist,« und zugleich wandte er sich, um die Stiegen wieder hinauf zu fliegen. In diesem Augenblick wurde von außen heftig an die Hausthüre geschlagen. Frohn wandte sich zurück. »Das ist die Schildwache, die mit dem Kolben an die Thüre schlägt,« rief er aus; »was will der Mann?« und zugleich griff er hastig nach seinem Schlüsselbund, ließ sich von einer der Ordonnanzen, die ein Licht trug, leuchten und öffnete die schwere Eichenthüre. Draußen, auf dem Treppensteine vor der Thüre, stand in der That die Schildwache, die mit dem Kolben angepocht hatte.

»Was ist? was gibt's?« schrie Frohn sie an.

»Ja, ich verwundere mich halt,« sagte der Mann, »ich hör' eben drinnen den Herrn Oberstwachtmeister rufen, und der Herr Oberstwachtmeister ist doch vor nicht fünf Minuten an mir vorüber in den Hof gegangen.«

»Wer – wohin ist er gegangen?«

»Der Herr Oberstwachtmeister; just so hat er ausgeschaut und hat die Parole gegeben und ist über den Hof gegangen mit den Schlüsseln in der Hand, gerad' so wie der Oberstwachtmeister.«

»Alle Teufel der Hölle!« schrie Frohn außer sich, »so schlag Er doch Lärm, ruf Er die Posten an,« und dann donnerte seine Stimme wie das Commandowort eines Capitains im Sturm, der sein Schiff einem Felsen zutreiben sieht:

»Posten, Achtung! Die Wache in's Gewehr! Niemand passirt!«

Die Stimme des Commandanten fand augenblicklich einen weithin tönenden Nachhall. Der zehnfache, zwanzigfache Ruf: Achtung! tönte von Posten zu Posten durch die Stille der Nacht; zugleich wurde das laute Echo des Festungshofes durch das Rasseln der Gewehre geweckt, zu denen die Grenadiere der Wache stürzten. Unterdeß hatte Frohn sich von dem Posten vor seiner Thüre die Richtung bezeichnen lassen, in welcher der Flüchtige über den Hof geschritten; er eilte, von seinen Ordonnanzen gefolgt, in derselben Richtung davon; an der Hauptwache vorüberschreitend, befahl er dem Officier derselben: »Patrouillen sollen abgehen; lassen Sie die Lärmkanone abbrennen!« und dann eilte er weiter, dem Winkel des Hofes zu, wo der Aufgang zu den Wällen war. Drei Ordonnanzen folgten ihm, ohne trotz aller Anstrengung gleichen Schritt mit ihm halten zu können. In der Ecke, zwischen den zwei Gebäudetheilen, die hier den Raum für den ansteigenden Weg zum Wall ließen, wollte ihn die Schildwache aufhalten; Frohn schlug ihr das Bajonnet zur Seite, indem er gebieterisch ausrief:

»Aus dem Weg da, ich bin's, der Commandant; ist Jemand vorübergegangen?«

»Diesen Augenblick,« stotterte der Mann erschrocken, »diesen Augenblick ist Einer vorübergegangen, und ich hab' halt gemeint, es ist der Commandant, der visitirt!«

Frohn stürmte weiter, ohne das Ende dieser Worte abzuwarten. Er kam an eine Bohlenthüre, die den Zugang zu dem Wall verschloß; die Thüre stand offen; der eine Flügel war nur angelehnt. Eine Strecke weiter machte der Wall eine Biegung, er sprang hier in einem stumpfen Winkel ein.

Als Frohn diese Biegung erreicht hatte, donnerte die Lärmkanone. Es war ein furchtbares Krachen in der stillen Nacht; die Mauern der alten Veste schienen dabei in ihren tiefsten Fugen zu zittern. Frohn dachte an Agnes. Wie mußte sie erschrecken, – welche Nacht für sie!

Er war oben auf der Mauer, er folgte dem schmalen Pfade, der über diese Wallmauer fortlief; er strengte sein Auge an, um die nächtige Dunkelheit zu durchdringen, er sah eine Gestalt, die ihm entgegenschritt. Es war der Mann, der in der Mitte der Wallmauer Posten stand; und auf sein hastiges Fragen hatte er bald die Antwort, daß eine Gestalt, welche die Schildwache für den Commandanten gehalten, soeben vorübergeschritten, daß sie aber noch nicht weit vom Posten entfernt gewesen, als sie plötzlich verschwunden sei, wie in den Boden gesunken.

Frohn eilte an dem Posten vorüber; er fand dies Verschwinden nicht räthselhaft; etwa 150 Schritte von der Stelle, wo das Schilderhaus stand, entfernt begann die schwache Stelle der Citadelle, schwach in sofern, als die Felsen, auf welchen der Spielberg gebaut, einem kühnen und geübten Kletterer hier die Möglichkeit boten, hinan und hinab zu steigen. Es war immerhin ein Wagniß, da herunter zu steigen, und ein doppelt großes Wagniß, es bei Nacht zu thun; aber es war möglich. Trenck mußte sich also da herabgelassen haben. Er mußte genau die Oertlichkeit kennen, wie er sich Schlüssel verschafft haben mußte, wie er die Parole zu erfahren gewußt hatte!

Frohn war an der Stelle angekommen. Er beugte sich weit vor über die Brustwehr, er blickte angestrengten Auges hinab in die Tiefe. Der erste Gegenstand, den sein Auge entdeckte, war eine dunkle Gestalt, welche sich etwa zwanzig Fuß tief unter ihm auf einer schmalen Felsplatte befand und zugleich eine Bewegung machte, als wolle sie eben vorsichtig tiefer steigen.

»Heda, Herr Oberst,« rief Frohn hinab, »wohin wollen Sie da?«

Der Oberst ließ augenblicklich ab von dem Bemühen, weiter hinunter zu klettern, und rich-
tete sich hoch auf.

»Eine Million Teufel!« rief er aus, »hat der Satan Sie schon da? Sie sind mein böses Schicksal!
Was wollen Sie? was liegen Sie nicht bei...«

»Ich will Sie warnen,« unterbrach ihn Frohn. »Es ist das kein Weg für Jemand, der frische
Luft schöpfen will, weil er zu viel getrunken hat; kommen Sie zurück!«

Der Oberst schien sich einen Augenblick zu besinnen.

»Wenn Sie nicht sofort zurückkommen, lasse ich Feuer auf Sie geben, Oberst.«

»Sie sind im Stande dazu,« antwortete Trenck mürrisch und begann wieder hinaufzuklimmen.

Er hatte bald wieder die Höhe des Felsens erreicht, die Kante, über der die äußere aufgemau-
erte Wallseite sich erhob; es war nur ein schmaler Raum zwischen dem Fuß der Mauer und
dem Abhang gelassen, so schmal, daß er nur eben den Raum zum Stehen darbot.

»Ich kann die glatte Mauer nicht hinauf laufen,« sagte der Oberst, indem er den Arm in die
Höhe streckte und die Hand auf die obere Kante der Mauer legte.

In seiner Hast, sich seines Gefangenen wieder zu bemächtigen, ließ Frohn sich an der Mauer
hinab neben den Obersten.

»Ich will Ihnen helfen, sich hinaufzuschwingen, die Leute oben können Sie dann unter die
Arme fassen.« Er streckte seinen Arm aus, um Trenck zu erfassen, dieser aber stieß ihn kräftig
zurück.

»Halt, mein Herr Oberstwachtmeister von Frohn,« sagte er, »wir stehen hier auf einem vor-
trefflichen Platze, um unsere alte Rechnung auszugleichen. Glauben Sie, ich hätte vergessen,
was Sie seit Ihrer Giftmischerei bei mir auf dem Kerbholz haben? Und wenn ich's vergessen
hätte: was Sie in dieser Nacht an mir thun, ist genug! Es soll vom Trenck nicht gesagt werden,
daß er ungerächt gelassen hat, was Du gegen ihn gewagt hast, Frohn; verflucht will ich sein,
wenn ich Dich nicht da hinunter schicke, wo Du mich gehindert hast, hinunter zu gehen;
vertheidige Dich!«

»Oberst, sind Sie toll? hier ist kein Platz zum Kämpfen, ein einziger Fehltritt und wir stürzen
in einen Abgrund hinab; meine Leute würden Sie ja auch sofort niederstoßen, wenn Sie eine
Widersetzlichkeit zeigen.«

»Und das Alles wird Dich nicht aus den Krallen des Löwen retten, den Du zum Aeußersten
gebracht hast, Elender,« versetzte Trenck zähneknirschend vor Wuth.

Frohn ergriff ihn kräftig an der Brust, um ihn an die Mauer zu drücken, und rief zugleich
den Befehl hinauf:

»Faßt ihn von oben bei den Schultern und zieht ihn hinauf!«

In demselben Augenblick jedoch hatte Trenck in die Tasche seines Mantels gegriffen, ein
Pistol hervorgezogen und es Frohn auf die Brust gesetzt.

Frohn wollte es wegschlagen – aber es war zu spät! Der Schuß hallte durch die Nacht – Frohn
wankte, fuhr mit den Händen um sich, versuchte sich mit krampfhaft gespreizten Fingern an
der Mauer festzuhalten, dann stürzte er zusammen und fiel hinterrücks an den Felsen hinunter,
mit einem dumpfen Geräusch, von Absatz zu Absatz – bis sein Körper in der dunklen Tiefe
verschwand.

Ein Schrei des Schreckens, wirres Durcheinanderrufen oben auf dem Kamm der Mauer begleitete die entsetzliche That; fast in demselben Augenblicke, wo sie geschah, war ein Officier
mit einer Patrouille von der Wache zur Stelle gekommen, und zehn Arme und Hände griffen
von dem Kamme der Mauer herunter, um Trenck zu erfassen.

Dieser wußte ihnen auszuweichen.

»Nur ruhig, Leute!« rief er aus. »Ich weiß recht wohl, daß ich jetzt doch geköpft, gehängt
oder gerädert werde, und mache mir deshalb nichts daraus, lieber gleich da hinunter zu springen,
auf die Gefahr den Hals zu brechen oder von Euren Kugeln getroffen zu werden. Nur wenn Ihr
mir versprecht, mich nicht zu mißhandeln, so komme ich selber hinauf.«

»So kommen Sie – ich werde Sie vor der Wuth meiner Leute in Schutz nehmen,« antwortete
der Officier der Patrouille, »aber kommen Sie sofort.«

Trenck warf das abgeschossene Pistol in die Tiefe hinab, dann legte er beide Hände auf den Kamm der Mauer und schwang sich empor; die Soldaten erfaßten ihn an den Armen, am Kragen, und er stand im nächsten Augenblick oben.«

»Nehmt ihn zwischen Euch, Leute,« befahl der Officier, »Keiner berührt ihn, es wäre schade, wenn dieser Bluthund einen andern Lohn als vom Henker bekäme; angetreten, vorwärts mit ihm auf die Wache, in die Eisen mit ihm!«

Der Oberst von der Trenck schritt mit stolz aufgerichteter Haltung zwischen den Soldaten einher, Mantel und Mütze waren von ihm abgefallen, sein Haar flatterte im Nachtwinde. Als man die Bohlenthüre erreicht hatte, hinter welcher der Weg in den Hof der Citadelle hinab führte, kamen der Patrouille drei Officiere, denen Leute mit brennenden Fackeln folgten, entgegen. Der Lieutenant, welcher die Patrouille commandirte, meldete was vorgefallen.

»Das ist ja entsetzlich,« rief einer der Herangekommenen aus, »Oberst von der Trenck! Sie sind ein Teufel in Menschengestalt.«

»So ein Stück davon,« antwortete Trenck hohnlachend, »und dieser junge Herr hier, der die Patrouille commandirt, scheint sich dagegen für den Erzengel zu halten, der den Teufel in Ketten an den Abgrund schließt. Er will mich in Eisen legen lassen.«

»Wie Sie's verdienen, Trenck —«

»Ich muß Ihnen bemerken, mein Herr Major,« fiel der Oberst ein, »daß Sie nicht darüber zu urtheilen haben, was ich verdiene. Sie sind der Zweitcommandirende hier, und sind deshalb verantwortlich dafür, daß die Befehle ausgeführt werden, die über meine Behandlung an die Commandantur des Spielbergs erlassen sind. Es steht nichts darin von Schließen und Eisen, ich verlange in meine Zimmer zurückgeführt zu werden und darin zu bleiben, bis andere Befehle von Wien angekommen sind!«

Der Major schwieg eine Weile, dann antwortete er:

»Die Befehle von Wien werden nicht ausbleiben,« und zu dem Officier der Patrouille gewendet fügte er hinzu: »Führen Sie ihn in seine Wohnung zurück, geben Sie ihm aber eine Wache von zwei Mann in sein Wohnzimmer, die ihn nicht aus den Augen läßt.«

»Wie Sie befehlen! – Marsch!« commandirte der Lieutenant der Patrouille. Der Zug bewegte sich weiter, die Pechfackeln voraus, über den Hof der Citadelle, durch die Wohnung des Commandanten, und bis zu dem Quartier des Obersten.

Der Major hatte Trenck bis in seine Zimmer begleitet; er ließ jetzt die Wachen aufstellen und befahl die Thüre zu des Obersten Schlafzimmer offen zu halten, wenn der Letztere darin sich zurückzöge, um seine Bewegungen zu überwachen; dann ging er in den Hof zurück, um dort Leute mit Fackeln nebst einen Trupp Soldaten abzuschicken, die die Leiche Frohn's suchen und herauf schaffen sollten. Als er dazu wieder durch den Corridor schritt, welcher mit der Commandantur durch einen schmalen Gang correspondirte, kam ihm aus dem letzteren, in höchster Aufregung und Angst, in flatterndem Nachtgewande Agnes Mirzelska entgegengestürzt.

»Um Gottes Willen, Herr Major!« rief sie ihm entgegen, »stehen Sie mir Rede, was ist geschehen? was geht vor? die ganze Festung ist in Aufregung und Bewegung – die Lärmkanone, die Fackeln – Niemand antwortet auf mein Rufen – wo ist der Commandant? – wo ist mein Oheim?«

»Ich darf Sie leider nicht zu Ihrem Oheim hinüber lassen, meine gnädige Frau,« versetzte der Major ernst und mit vor Bewegung zitternder Stimme, »es ist ein großes Unglück geschehen – fassen Sie sich – Ihr Gatte ist einen Felsenabhang hinunter gestürzt, doch wird er hoffentlich...«

»Gerechter Himmel!« schrie Agnes in furchtbarster Angst und in wahnsinnigem Schmerze auf.

Sie wankte und wäre zusammengestürzt, wenn der Officier sie nicht aufgehalten hätte. Er winkte dem Soldaten, der ihm mit einer Fackel leuchtete, vorauszuschreiten und geleitete sie in ihre Zimmer zurück, fortwährend bemüht, ihr Muth und Fassung wieder zu geben, während sie händeringend ihn um Auskunft beschwor, wie Alles geschehen und wie das Schreckliche sich gefügt habe, ohne daß er eine ihrer stürmischen Fragen zu beantworten wußte, da er durch das Geständniß, daß Agnesens Oheim der Mörder ihren Gatten sei, die unglückliche Frau völlig zu vernichten fürchtete. Und nachdem er die junge Frau in ihre Zimmer zurück gebracht, eilte er,

Fürsorge zu treffen, daß die Leiche des auf so furchtbare Weise umgekommenen Cameraden aufgesucht und, da sie durch den Sturz entsetzlich verstümmelt sein mußte, in einem entlegenen Theile der Festungsgebäude untergebracht würde; es mußte Agnes alle Möglichkeit entzogen werden, sie zu sehen. – In der That hat das arme junge Weib sie nie erblickt, hat auch nie erfahren, wie der eigentliche Hergang der That gewesen. Man hat sie glauben lassen, Trenck habe einen Fluchtversuch gemacht, bei seiner Verfolgung sei ihr Gatte durch Mangel an Vorsicht im Herunterklettern an der Felswand gestürzt und habe den Tod gefunden. Sie hat auch ihren Oheim, den Freiherrn von der Trenck nicht wieder gesehen, von seinen Lippen, deren Geständnisse sicherlich keine Schonung ihres schmerzzerrissenen Herzens gekannt hätten, nicht vernommen, was er in der Unglücksnacht vollbracht. So dringend sie verlangte, ihren Oheim zu sehen, so nachdrücklich widersetzte sich der Major ihrem Willen, indem er die Strenge der Reglements vorschützte. Der Oberst hatte einen Fluchtversuch gemacht, es mußte untersucht werden, wer ihm behülflich zur Ausführung gewesen, er durfte bis dahin Niemanden sehen!

Am andern Morgen gegen neun Uhr trat der jetzige Commandant des Spielbergs, von einem Officier und dem Auditeur begleitet, in das Wohnzimmer Trenck's, um zum ersten Verhöre des Mörders zu schreiten. Die zwei Grenadiere, welche nach seiner Anordnung hier die Wache hatten, meldeten flüsternd, daß der Oberst noch im ruhigsten Schlafe liege. Der Major trat nichts destoweniger durch die offene Thür des Schlafzimmers. Er fand Trenck angekleidet auf seinem Bette liegen, das Gesicht der Wand zugewendet, den einen Arm schlaff niederhängend.

»Oberst von der Trenck!« sagte der Major laut und strenge.

Der Oberst antwortete nicht.

Der Major erfaßte den Arm des Schlafenden, um ihn zu erwecken; der Arm war starr und steif. Er beugte sich über ihn, das Gesicht war erdfahl, die Augen standen offen, starr und glasig… der Oberst von der Trenck war todt!

Auf seinem Nachttisch stand eine kleine geschliffene Phiole. Der Mann, der allein auf dem Spielberg diese Phiole wiedererkannt haben würde, war nicht mehr unter den Lebenden, es war die Phiole, die Frohn in der Abtei von Engelszell gebraucht hatte, um den unbezähmbaren Trenck zu zähmen, und die dieser ergriffen hatte, um sie seit jenem Tage nicht mehr von sich zu lassen. Er hatte ein vortreffliches Mittel darin gesehen, für alle Fälle, für alle Wendungen seines Schicksals gerüstet zu sein.

So hatte er sich der Buße entzogen, welche die Strafe des irdischen Richters ihm hätte auferlegen können. Desto länger – ein ganzes Leben hindurch – währte die Buße, welche Agnes Mirzelska sich auferlegte, weil sie sich als die Urheberin des Unglücks betrachtete, durch das ihr Gatte seinen frühen und schrecklichen Tod gefunden, sie ist als Schwester in einem Kloster in Olmütz gestorben.